化身博士

羅勃・史蒂文生｜著
范明瑛｜譯

國家圖書館出版品預行編目資料

化身博士 / 羅勃．路易斯．史蒂文生(Robert Louis Stevenson)著 ;范明瑛譯. -- 初版. -- 臺北市 : 遠流, 2013.03
面； 公分
譯自 : The Strange Case of Dr. Jekyll and Mr. Hyde
ISBN 978-957-32-7016-4(平裝)

873.57　　101011772

化身博士

The Strange Case of Dr. Jekyll and Mr. Hyde

作　　者 羅勃．路易斯．史蒂文生 Robert Louis Stevenson
譯　　者 范明瑛
總 編 輯 汪若蘭
編　　輯 徐立妍
行銷企劃 高芸珮
封面設計 井十二設計研究室

發行人 王榮文
出版發行 遠流出版事業股份有限公司
地址 臺北市南昌路2段81號6樓
客服電話 02-2392-6899
傳真 02-2392-6658
郵撥 0189456-1
著作權顧問 蕭雄淋律師
法律顧問 董安丹律師

2013年3月1日 初版一刷
行政院新聞局局版台業字號第1295號
定價 平裝新台幣250元（如有缺頁或破損，請寄回更換）

ISBN 978-957-32-7016-4
YLib 遠流博識網 http://www.ylib.com E-mail: ylib@ylib.com

The Strange Case of Dr. Jekyll and Mr. Hyde
By Robert Louis Stevenson
Complex Chinese edition published in Taiwan by Yuan-Liou Publishing Co., Ltd.

目次

經典文學新譯計畫總序

聽見譯者的聲音

想像你今天走進一家書店或圖書館，來到世界文學的專櫃前面。很多作品你都聽過名字，別的書裡也許提過，也許小時候看過改編的青少年版本，也許還看過改編的電影電視版本。但不知為何就是沒有真的讀過全譯本。假設你拿起了其中的一本，但一看左右還有六、七種版本呢。那該選哪一本好呢？比較封面、印刷字體大小、推薦者、出版社的名聲、出版年代、還是譯者？

其實，其中影響最大的是譯者。你所讀的每一個中文字都是譯者決定的，每一個句子的節奏都是譯者安排的。每個句子都有不只一種譯法，是譯者決定了用哪種結構，在哪裡斷句，用哪一個詞彙，要不要用成語；也可以說決定了文學翻譯的風格。咦？你也許會問，那作者的風格呢？譯者不是應該盡可能忠實於原作的風格嗎？這就是文學翻譯有趣的地方，也是很多讀者不知道的祕密。

文學翻譯其實是一種表演。就像音樂演奏一樣：作曲家決定了音符和節奏；但聽眾聽到的是演奏家的演出。沒有演奏家會把巴哈彈得像蕭邦，但每一個巴哈的演奏家都有自己的風格，就像每一個蕭邦的演奏家也都不一樣。沒有演奏家，音樂等於不存在。沒有譯者，陌生語言的文學也等於不存在。作者決定了故事的內容，但把故事說出來的是譯者。譯者決定在哪裡連用快節奏的短句，在哪裡用悠長的句子減緩速度。哪裡用親切的口語，哪裡用咬文嚼字的正式語言。譯者的表演工具就是文字。

而且譯者是活生生的人。有自己的時空背景、觀點、好惡、語感。也就是說，兩個譯者不可能譯出一模一樣的譯文，就像每一個男高音唱出來的〈公主徹夜未眠〉都有差異。面對同樣的模特兒或靜物風景，每個畫家的畫也都不一樣。就翻譯來說，就算其中某個短句可能雷同，一整個段落也不可能每個句子都選擇一樣的形容詞、一樣的動詞、一樣的片語。五十年前的譯者，不可能和今天的譯者譯出一模一樣的段落；大陸的譯者，也不可能和台灣譯者風格雷同。

而所謂經典，就是不斷召喚新譯本的作品。村上春樹在討論翻譯時曾提出翻譯的「賞味期限」：他說翻譯作品有點像建築物，三十年屋齡的房子是該修一修了，五十年屋齡的房子也該重建了。因為語言不斷在變，時髦的語言會過時，新奇的語法會變成平常，新的語言不斷出現；所以對於重要的作品，每個時代都需要新的譯本。

但台灣歷經一段非常特別的歷史，以至於許多人對文學經典的翻譯有些誤解。很多讀者小時候看的經典文學翻譯，是不是翻譯腔很重？常有艱深而難以理解的句子？根本不知道譯者是誰？即使有名字，也不知道是男是女，年紀多大？有些作品掛了眾多名人推薦，但書封、書背、版權頁到處都找不到譯者的名字？甚至於書上有推薦者的生平簡介，卻毫無譯者簡介，彷彿誰譯的不重要，誰推薦的比較重要。為什麼會有這些怪象？

這是因為從戰後至今，台灣的文學翻譯市場始終非常依賴大陸譯本，依賴情形可能遠超過大多數人的想像。台灣在戰前半世紀是日本殖民地，普遍接受日本教育，官方語言是日文；漢人移民以閩粵原籍為主，日常語言是台語和客語，影響現代中文甚鉅的五四運動發生在日治時期，台灣並沒有親歷五四運動，中文私塾教的還是文言文。也就是說，戰後大陸接收台灣時，台灣人民在語言上面臨極大的困難。中華民國國語根據的是北方官話，對台灣居民來說已經是全新的語言了；五四運動後提倡我手寫我口，不會說就不會寫，因此台灣人的白話文也寫不好。至於翻譯，民初還有文言白話之爭，一九三〇年代以後白話文翻譯已成主流，對於國語還講不好，白話文還寫不好的台灣人來說，要立刻用白話文翻譯實在不太容易。因此除了少數隨政府遷台的譯者之外，依賴大陸譯本是順理成章的事情，如果不是受到政治因素干擾，本來也沒有太大問題。我們也沒聽說過美國讀者會拒絕英國譯者的作品。

問題出在戒嚴法。一九四五到一九四九年間，已有好幾家上海出版社來台開設分店，把大陸譯本帶進台灣。但一九四九年開始戒嚴，明文規定「共匪及已附匪作家著作及翻譯一律查禁」，由於隨政府遷台的譯者人數不多，絕大部分的譯者遂皆在查禁之列。這些查禁若嚴格執行，台灣就會陷於無書可出的窘境，因此從一九五〇年代開始，一些出版社開始隱匿譯者姓名出版。啟明書局每一本譯作皆署名「啟明編譯所」翻譯，新興書局則會取一些「卓儒」、「顧隱」等假譯者名，大概是取「著名學者」和「因故隱之」之意。一九五九年內政部放寬規定，將查禁辦法改為「附匪及陷匪份子三十七年以前出版之作品與翻譯，經過審查內容無問題且有參考價值者可將作者姓名略去或重行改裝出版」，等於承認上述手段合法，因此後來各家出版社紛紛跟進，「林維堂」、「胡鳴天」、「紀德鈞」等假譯者皆有甚多「譯作」，最多產的譯者則要算「鍾斯」和「鍾文」了，可以從希臘荷馬史詩、阿拉伯文的天方夜譚，中古的神曲，翻到法文的大小仲馬、英文的簡愛，甚至連海明威和勞倫斯都可以翻譯，真是無所不能。書目中登記在「鍾斯」名下的經典文學超過二十部，相當驚人，而且這兩個名字還可以互換，有些版本是「鍾斯」的，再版時卻改署「鍾文」，更添混亂。

因此，在「本地翻譯人才不足」及「戒嚴」這兩大因素之下，台灣的經典文學翻譯簡直成了一筆糊塗帳。解嚴前的英美十九世紀前小說，大概有三分之二是大陸譯本，法文、俄文的比例可能更高。而且因為這個不能說的祕密，譯者完全被消音了。最具譯者個人色彩的譯者序跋常常會留下破綻，例如一九六九年出版的《西線無戰事》，譯者序居然出現「譯者做這篇序的時候，華北正在被人侵略」字樣，匪夷所思（其實這篇譯序是錢公俠一九三六年在上海寫的，一點也不奇怪）；或是書名明明是《金銀島》，序卻寫「這本《寶島》……」（因為抄的是顧鈞正的《寶島》，編輯忘了改序）。因此後來比較聰明的出版社多半拿掉原譯序，以免露出破綻；有些還會用介紹作者作品的文字作為「代譯序」，或放些作者照片，希望讀者完全忘記譯者的存在。在這種做法之下，譯者不但名字遭到竄改，連個人翻譯的心聲看法也一併被消音了。

戒嚴期間依賴大陸譯本的情形，還不限於一九四九年以前的舊譯。事實上，一九五〇年代的大陸譯本仍源源不絕地繼續流入台灣市場（可能是透過香港），當然也是易名出版。到一九五八年以後，因為大陸動亂，譯本來源中斷了二十年，下一波引進的大陸譯本是文革後作品，一九八〇年代的「遠景」、「志文」都有不少文革後新譯本，但彼時台灣仍在戒嚴期間，所以也還是以假名出版。一九八七年解嚴之後，才逐漸有出版社引進有署名的大陸新譯本。這個時期雖然有些版權頁會註明譯者是誰，但出版社似乎仍不希望讀者知道這是對岸作品，也不強調譯者，多半請本地學者及作家寫導讀和推薦文章，譯者的聲音還是極其微弱；甚至有些譯作，列了一大堆推薦序，就是不知道譯者是誰。加上原來的假譯本也沒有立即消失，仍繼續印行十餘年，今天還可以買到，更別說各圖書館書目及藏書也都沒有更正，研究者仍繼續引用錯誤的資料，譯者的聲音仍然沒有被聽見。

因此，今天這套書的意義，不只是「又一批經典新譯」而已。

我們還希望讀者可以聽見譯者的聲音。每一個譯者都會以表演者的身分，寫下譯序。他們也是讀者，有自己的閱讀經驗，有自己的偏好；他們知道自己的翻譯不是第一個，可能也不會是最後一個，但他們的譯作是在今天的台灣出現的，有今日台灣的語言特色，不同於其他時候和別的地點。過去匿名發行舊譯的年代，不少譯作是一九四〇年代的作品，除了有語言過時的問題之外，翻譯策略偏向直譯，也是一大問題。比較起來，一九二〇年代的作品雖然較早，其實比較易讀。以前課本收錄的幾篇翻譯作品，如胡適譯的《最後一課》和夏丏尊譯的《愛的教育》，就都是一九二〇年代作品。但由於戒嚴期間盲目改名出書的結果，台灣經典翻譯以一九四〇年代的直譯為最多，造成文學作品就是翻譯腔很重、很難讀的普遍印象。我們希望透過這一批的新譯，一方面是讓譯者發聲，有清楚的

「生產履歷」，讓讀者意識到你所讀的是譯者和作者合作的成果；一方面也希望除去「文學作品都很難讀」的印象，讓讀者可以體會閱讀經典的樂趣。

閱讀世界經典文學是人文素養的一部分，但一種外語能力好到可以讀原文的文學名作談何容易，遑論三、四種以上的外語。英國的企鵝文庫、日本的岩波文庫、新潮文庫等皆透過譯本，為其國人引進豐富的世界文學資產。英美作家常引用各國文學作品；村上春樹、大江健三郎這些著名作家，也常常在散文中提起世界文學的日譯本。但台灣的文學翻譯有種種不利因素，首先是前述的譯本過時、譯者消音現象；再來是英文獨大，很多人看不起中文譯本，覺得要讀就讀原文（即使是英文譯本也強過中文譯本）；再來就是升學考試壓力，讓最該讀世界文學的學生往往就錯過了美好的文學作品，未來也未必有機會再讀，極為可惜。我們希望藉著這套譯本，為翻譯發聲，讓大家理直氣壯地讀中文譯本；也讓台灣的學生及各年齡層的讀者，有機會以符合我們時代需求的中文，好好閱讀世界文學的全譯本，種下美好的種子。

賴慈芸
國立台灣師範大學翻譯學研究所所長

推薦序

化身博士：雙重人格、理性至上，亦或瘋癲失語？

蘇格蘭作家羅勃・路易斯・史蒂文生在一八六六年出版了《化身博士》，這部作品篇幅不長，角色不多，原本被視為簡易的通俗作品。然而通俗作品之所以能成功，便勢必有擊中當時人民心中普遍埋藏的情感或慾望，於是後來也引發了眾多論者分析，抽絲剝繭出許多有趣的時代光影與象徵母題。

這個帶有歌德風的故事發生在維多利亞時期（Victorian Era，1837-1901）的倫敦，其中的傑奇博士為備受稱譽的科學家，喝下藥水後卻成為邪惡的海德先生，所以人們往往將其視為描寫「雙重人格」的作品，並以此脈絡進行一個人「意識」與「潛意識」之間的善惡辯證，然而如果從歷史背景細細推敲到當代，會發現其中仍有許多可疑或值得探討之處。

以當代心理醫學的角度而言，「雙重人格」或「多重人格」通常為童年創傷後的結果，是一個人經歷了極大衝擊後的應變措施，然而，無論出現的人格數量有多少，人格與人格間的關係又是如何錯綜複雜，基本上都仍保持可辨識的人格邊界。以著名的《二十四個比利》（*The Minds of Billy Millian*）為例，主角的每一個人格幾乎都有不同的性別、個性、職業、喜好甚至身體缺陷，每個人格與人格間或許知曉彼此的存在並表現出好惡，又或許對彼此一無所知。但是，如果我們以此來檢視故事中的「傑奇博士」與「海德先生」，會發現此兩者並非截然不同的人格，或者我們至少可以說：從頭到尾都沒有出現「海德先生」的自白！我們聽到的始終是「傑奇博士」的掙扎與吶喊，然而，如果我們不用「雙重人格」的脈絡來檢視，史蒂文生為何需要以如此奇詭的方式來表現人性的壓抑與掙扎？

為了理解故事背景，讓我們先回到維多利亞時代。首先，英國於一八三二年通過了議會改革法案，確保了資產階級的地位。一八三七年，年僅十八歲的維多利亞女王繼位，在她保守的統治下，英國進行了極為成功的工業革命，於是國家經濟繁榮、科學發展昌盛，對外的殖民地面積也到達高峰，在這樣的情勢下，理性、正向與樂觀的心態主導了社會氛圍，卻也將許多原本流通在社會中的「不潔淨」概念壓抑到了各種必須受限的所在。法國哲學家傅柯（Michel Foucault，1926-1984）便談過維多利亞時期對於「性」的控管：「性被小心謹慎地封藏起來，它遷入新居，被夫妻家庭所獨占，全力以赴承擔起嚴肅的、繁殖後代的職責。於是，提及性，人人緘口。」

此外，精神疾病的醫療化也是從這個時期開始，心理學家湯瑪斯．沙茨（Thomas Szasz，1920-2012）便提到，精神疾病在十九世紀前半還是用「道德感化」作為治療手段，但後來也逐漸進入「醫療化」的領域；精神病學開始蓬勃發展，精神病院也成為獨立於理性大眾的隔絕場所。此外，經濟急速起飛後出現嚴重的貧富差距問題，但在社會樂觀的氛圍下，窮人也被掃進角落，沒有人願意去正視劇烈發展造成的弊害。大文豪查爾斯・狄更斯（Charles Dickens，1812-1870）的許多作品便是在批判此時的階級與貧窮問題。

因此，如果我們以此歷史背景回頭觀照「雙重人格」的論述，就會發現，與其探討人類是否於心智內在存有「善惡衝突」，不如拉遠視角，仔細檢視身為律師的主述者厄特森先生、身為科學家的傑奇博士／海德先生，以及另一位同為科學家的藍尼恩醫生。以社經脈絡來看，此三人都位處菁英階級，其他僕人或妓女等低下階層的角色則是配角，沒有獨特的個性與聲音，於是唯一接近低下階層且形象鮮明的只有「海德先生」；以理性脈絡來看，「海德先生」又是一個科學成就下產生的慾望怪物，而在面對這樣一位「海德先生」時，厄特森律師、傑奇博士與藍尼恩醫生都有各自的觀點，似乎也都代表了維多利亞時期各種人的心思——面對盛世之下的陰影，法律、科學與醫學各自表態，然而在這些觀點中，「善」真的存在嗎？「慈善」與「善」是同義詞嗎？至於應該在英國社會扮演要角的宗教，也僅在傑奇博士最後的自白中出現這麼一段關鍵句：「它（人類的善惡雙重性）是宗教的起源，也是人類諸多苦難的源頭之一。」似乎只側面映照出，那個時代中信仰對於撫慰人心是多麼無能為力。

如果再往深處探詢，「海德先生」不具羞恥心的作惡心態，與其說是邪惡，不如說是在當時被視為「瘋癲」的「疾病」。人們對此感到不安、亟欲將其消滅，希望這抹幽靈「消失」在眾人生活中。或許為了映照出這股強大的壓力，那所謂「瘋癲」的化身始終處於幾乎失語的狀態。然而到了故事的最後，「消失」的究竟是誰？「死亡」的又是誰？理性等於善良嗎？善良是純粹的概念嗎？或者我們進一步問：邪惡與善良可以截然一分為二嗎？而瘋癲又等於邪惡嗎？所謂「不顧後果的邪惡」難道不是社會階級建構下製造出的「邪惡」嗎？即便看似簡潔的文本，當我們仔細檢視每個角色的個性與觀點時，似乎都還能發現這些提問不停在其間游移閃爍。

又或許更重要的是，在不停「化身」的情節中，我們真的看到一個人的意識被切割開了嗎？傑奇博士本來便是善惡綜合體，為何需要另一具身體盛裝「更純粹」的惡？比起「多重人格」的「一身多靈」，《化身博士》其實更像個「一靈多身」的故事，是一種身體被賦予比靈魂更多想像力的「物質性神話」。所以或許，與其說這是一個「善與惡」的故事，不如說是一個「善與惡」在科學物質世界失語的故事——在某些極致的時刻，善與惡都不夠理性、不夠樂觀，不過都是失去了話語權的瘋癲。

如果和在一八一八年同樣於英國出版的《科學怪人》（*Frankenstein*）作對照，故事中的主角同樣以科學手法製造出了另一具「身體」，然而作者瑪麗．雪萊（Mary Shelley，1797-1851）受到強烈的浪漫主義思潮影響，雖然採取狀似當代科學實驗的情節，但想召喚的卻是類似古代煉金術士般的情懷，比如故事主角就曾表示：「我的空想不只是這樣而已。由於我所喜歡的作者一再保證他們能夠喚出幽靈或魔鬼，所以我熱心地要讓那保證實現，但我的咒語總是以沒有成功告終。」於是這個彷彿從遠古時代被召喚回來的怪物，其實也是一個主角身為浪漫主義者的理想實體，只是在當代的科學理性中，即便他自行學會了語言，但永遠註定是一具殘缺的身體——一半是來自當代科學的無能；另一半則是來自浪漫主義者在當代的命運。

其後的《化身博士》似乎又更進一步，直接把這個不合時宜的身體創造在自己身上，雖然史蒂文生並不像雪萊一樣受到浪漫思潮的洗禮，但這個「多餘的身體」卻都像是來自遠古的控訴。在希臘神話中，預言家常是狀似瘋癲之人，瘋癲本來可以是來自另一個世界的符號，但現在除了科學理性規範之外，所有剩餘的部分成為必須被隔絕的元素。雖然《化身博士》中對於此元素的描述仍為「善惡二元對立」，但當傑奇提到「我自己從這新生命吸進第一口氣時，就知道這個自我更為邪惡，比原本的我邪惡十倍，將原本的我出賣給我原始的罪惡。」那「原始的罪惡」似乎便已保留了往上追索的通道，只是當時的預言家只需要將瘋癲豢養在自己身體內，到了科學時代卻需要另一個身體，來證明瘋癲確實存在，甚至我們必須將其稱為「不害怕後果而感受到的邪惡」，才能讓現在的人們稍微接近、嗅聞到瘋癲氣息。

或許就像那讓傑奇博士化身的鹽狀晶體一般，一直要到最後，人們才會發現真正作用的不是科學，而是那偶然存在又消失的雜質，仍穿越古今，呼喚我們心底的另一個世界；而那世界無關善惡，純粹是在意識底層，一道毋須被施以價值判斷的湧動伏流。

葉佳怡
《溢出》作者

譯序

只看過改編作品，別自以爲你看過《化身博士》

《化身博士》是恐怖小說文類的經典名著，也讓作者史蒂文生奠定知名作家的地位。此書在一八八六年出版後大受歡迎，歷經無數的改編、重製，搬上舞台，翻拍成電影或電視劇，故事的象徵意義因此廣為人知，影響力超越原來的文本。許多人、包括我，都「自以為」以為了解故事的概念，從來沒想到要把原著找來看看。

我看過音樂劇版本的《化身博士》（*Jekyll and Hyde*）後，大為激賞，從此將之奉為圭臬。後來終於把原著從頭到尾讀完後，我才愕然驚呼：「原來是這樣！」這一回，請忘記所有的「自以為」，看看這個故事「原來到底是怎樣」。

原著的章節架構如同偵探小說，讀者以主要角色厄特森律師的眼光，觀察傑克博士身上發生的變化，以及周遭的環境與事件。透過厄特森律師自己的觀察、友人的轉述、警探的偵查、目擊者的證詞與事件關係人的記錄與自白，讀者可以一路慢慢拼湊出事件的原貌，並在最後一章做完整的前後對照。因此按照章節順序閱讀至最後，讀者可以享受一路抽絲剝繭、最後真相大白的樂趣。

小說的前八章為敘事穿插對話，著重情節的推展；最後兩章則偏重敘述者的自我剖析。文字風格較為繁瑣，有許多結構複雜的長句，或是一句中使用三至四個分號，部分章節的段落篇幅很長且沒有分段。這種文字風格容易在閱讀時造成心理負擔，拖慢閱讀節奏。尤其段落較長的章節，雖然敘事條理清晰，但是一句接一句連綿不斷，敘事者彷彿害怕一被打斷就無法繼續。讀起來也如同身陷無法醒來的惡夢中。

倫敦大學伯貝克學院的羅傑．拉克赫斯特教授（Roger Luckhurst）在二〇〇六年編輯一部史蒂文生作品選集，他在序言中指出，史蒂文生長年臥病在床，一邊服用鴉片止痛，一邊狂熱地創作。在撰寫某個雙面人故事的期間，他晚上睡覺時，夢到了傑奇博士這號人物：「這個人吞下藥劑、變成另一種生物……我醒來就知道，這是故事的關鍵。在我再度入睡之前，故事所有的細節已經清楚浮現在我腦中。」接下來的日子裡，他瘋狂地把夢境寫成白紙黑字，僅用六週的時間就完成整個故事。以此要證明如同夢囈般的敘述，反映的正是作者的夢境，似乎太過牽強。但這種敘述方式，與書中主角力求從惡夢中解脫的心境，卻不謀而合。

根據我粗略蒐集的資料，台灣《化身博士》的版本將近二十種，書名的翻譯大概都翻成《化身博士》或《變身怪醫》。其中約三分之一為全譯本，另外三分之二是以圖畫書形式呈現的兒童讀物，或是經過縮寫、改寫的簡略版青少年小說，又或是英語學習教材。縮略版本的共同特色，就是刪除與主要情節無關的敘述，切割長句，將長段分為數個短段。雖然減輕閱讀時的負擔，卻也削弱偵探故事不可或缺的懸疑感。全譯本則大多亦步亦趨地緊跟原文，標點、句型少有更動，延續原文長句連綿不絕的特徵。我在翻譯時，一方面想忠實呈現原文，另一方面又想減輕讀者的負擔，因此綜合了兩種譯本處理的方法。我以閱讀的舒適流暢為準則，避免長句，換掉不符合中文習慣的標點。太長的句子就適時斷句，太長的段落也會切成多幾段。新的短句常需要增加字詞，整個句子才完整。為怕增譯扭曲原文，我盡量保留原文每個字意義，以免自己詮釋過度導致譯文偏離原意。

長句分成短句的例子（例一）如下：

(Chapter 2) His past was fairly blameless; few men could read the rolls of their life with less apprehension; yet he was humbled to the dust by the many ill things he had done, and raised up again into a sober and fearful gratitude by the many that he had come so near to doing, yet avoided.

我的翻譯：

他的過去幾乎無可指責，沒幾個人在檢視自己的過去時可以這麼放心。但是他幹過的壞事仍然讓他感到無地自容，而其他許多在最後關頭得以避免的錯事，又讓他恢復冷靜，感到既慶幸又恐懼。

這一段的原文本身是一句完整的句子。我大致在原文打分號、逗號的地方斷句，並且把 raised up again…yet avoided拆成三小句，讀起來較輕鬆，又不致破壞原意。

接下來我舉三個台灣現有的全譯本，比對相同段落的翻譯：

他的過去可稱無瑕可擊，不過很少人在細讀過去生涯時會不心存憂慮，爲了他做過的一些不軌感到恥辱，但是又因爲一些懸崖勒馬的行爲而抬頭感謝。——張時譯本

他的過去幾乎是無可責備的，其實每個人都清楚自己過去的是非對錯，但他對於自己所犯的一點小錯卻感到非常卑賤，但另一方面，他也對於自己差點就犯下錯誤但又及時收手的過往經歷而心懷感激。——向日葵工作室譯本

他的過往實在沒有什麼可以指責的地方；很少有人可以跟他一樣如此細審自己的一生，卻能像他一樣坦蕩蕩、鮮有惶惶不安之色。然而，在想到自己過去所犯的罪衍時，卻也不免滿臉羞愧地把

頭垂得低低的，繼而再想起許多差點去做，所幸及時避開的事情時，又神情肅穆地抬起頭來，流露出滿心戒慎恐懼的感激。——鄭鳳英譯本

從結構上來說，張時和向日葵的譯本較貼近原文，保留長句。鄭鳳英譯本將長句拆成短句，另加不少字詞解釋語意，例如less apprehension不只是「鮮有惶惶不安之色」，還加了「坦蕩蕩」。

增譯但同時保留原文字意的例子（例二）如下：

(Chapter 10) Strange as my circumstances were, the terms of this debate are as old and commonplace as man; much the same inducements and alarms cast the die for any tempted and trembling sinner; and it fell out with me, as it falls with so vast a majority of my fellows, that I chose the better part and was found wanting in the strength to keep to it.

我的翻譯：

雖然我現在的處境十分奇異，但這場天人交戰的條件，也跟人類的歷史一樣古老而常見。一樣的誘惑、一樣的警告，替每一個心癢難搔、顫抖不已的罪人拋出命運的骰子。骰子向我揭示的命運，如同大部分人一樣，就是選擇較爲高尚的自我，然後發現自己缺乏堅持正道的力量。

我選擇將human翻譯成「人類的歷史」，是為對應「古老」的形容；而die不只是「骰子」，還是「命運的骰子」，除了增加戲劇性，接下去翻譯it fell out with me也可以有比較多的詮釋空間。

其他版本翻譯參考：

我的境遇十分奇特，這種辯論的條件已和人類一樣古老。任何受誘的顫抖罪犯會懷著同樣動機與緊張擲下骰子；它落在我頭上一如落在我許多同胞身上；我選擇了最好的部分並且希望能找到維持它的力量。——張時譯本

這有點像賭徒下注的例子，都是滿懷著期待和恐懼擲出那決定命運的骰子。結果我之於海德，就如同那渴望得知輸贏的賭徒般。

最後，我還是決定繼續當吉柯。——向日葵工作室譯本

儘管我當時的處境是那麼地詭異，但這番思量所考慮到的條件卻與一般人無異——陳舊且平淡無奇。每一個令人聞風喪膽的罪犯，他們所受的誘惑與所聽到的死亡警訊，和我現在所遭受的情況差不多。就如同絕大多數的人一樣，最後我還是選擇了那個本性較好的角色，不過事後卻發現缺乏足夠的力量來維持這個決定。——鄭鳳英譯本

張時譯本在結構、用字和標點上都非常貼近原文，反而有點不自然，像是「辯論的條件」和「最好的部分」都語焉不詳。向日葵譯本省略the terms...as man這段，強化「賭徒」這個比喻，骰子也一

樣解釋成「命運的骰子」，並且簡化I chose…keep to it的意思。鄭鳳英譯本則捨棄原文中與「骰子」相關的寓意。

比較這三個參考譯本，張時的譯本最貼近原文，不過有時譯文因此顯得古怪或不合邏輯。向日葵工作室有時會略過某些字句不翻，雖不影響文意理解，但也因此略失原文完整的風味。鄭鳳英亦常使用截長句化短句的策略，增譯的部分為三個版本中最多。在長句時，鄭的譯文閱讀起來較舒適；但在比較簡單、平鋪直敘的部分，譯文又顯得繁瑣、累贅，甚至過於咬文嚼字。

除了推敲字句之外，我也一直在「翻譯」和「（重新）寫出一個精彩的中文偵探故事」的尺度之間掙扎。如上文例二所示，我增加的字句中，除了要讓文意通順完整，有時也確實是為了增加效果。這種加油添醋要到什麼程度才不算過分、沒有扭曲原文之嫌，讓我頗費思量。最後的完稿，是在對照原文、反覆推敲增刪之後的成果。至於我的詮釋是否「適當」、有沒有「過份」，只能期待自己自由心證的尺度能合乎讀者的口味了。與其他大部頭經典相比，此書著實輕薄短小。抽出個把小時的空檔，讓新譯本告訴你，流傳超過百年的「傑奇博士與海德先生的奇異個案」，究竟有多奇異。

化身博士

第一章

門的故事

律師厄特森先生總是一本正經，臉上沒有笑容；言談之間神色侷促、內容無趣，外加反應遲鈍。雖然他又瘦又高，老是滿面風霜、愁眉苦臉，不過還是有可愛的地方。在朋友的聚會上，如果氣氛融洽，喝到的酒又合胃口，他的眼睛就會散發出柔和的光芒。雖然從他的談吐間從來沒有看到這樣的特質，但其實不只是在用完晚餐後，他會默默流露出來，更明顯常見的是在他日常生活中的舉止之間。他對自己十分儉省，即使喜好佳釀，獨自一人時也只喝杜松子酒；雖然喜歡看戲，卻已經二十年不曾跨進劇院大門。但是對別人，他的寬容卻是眾所周知，即使情況糟糕到無以復加，他也總是樂意協助，而非責難對方；頂多有時會帶著幾近嫉妒的心情，驚嘆怎麼會有人帶著強烈的動機犯下惡行。

他曾出人意料地宣稱：「我偏好該隱①的異端邪說，放任我的兄弟自己走向魔鬼。」那麼，對墮落深淵的人來說，他經常是最後一個聲譽清白、有正面影響的朋友，真是值得慶幸。即使是這些逐漸沉淪的人來到他的房間，他的態度也不會有絲毫改變。

對厄特森先生來說，保持這樣的行事風格當然是輕而易舉，因為他盡可能地含蓄自持，甚至他交朋友似乎也是建立在如此一視同仁的良善天性之上。接受機運替自己安排妥當的交友圈，是謙謙君子一貫的態度，也是律師的做法。他的朋友都是親戚，或是舊識。他的人際關係如藤蔓，隨著時間增長，但這並不代表藤蔓對所攀附的物體有所偏好。想當然爾，就是這種交友的態度，將他和城中名流理察．恩菲爾德先生拉在一起，兩人其實是遠親。不過這兩人到底欣賞彼此的哪裡，或是有什麼共通之處，讓許多人百思不得其解。看見他們星期日在公園散步的人說，這兩人不發一語，看起來無聊至極，如果遇到其他朋友還會欣喜地大鬆一口氣。儘管如此，兩人仍極為重視這項散步的行程，認為這是一週大事，其他玩樂的聚會、甚至公事要務都會放在一邊，好盡興漫遊。

某次的漫步閒逛中，他們偶然走到倫敦一個繁忙地區的巷道。這條街不算寬闊，可說是安靜，但店面平常的生意非常好，人潮絡繹不

①史蒂文生自幼生長在長老會家庭，因此寫作時常借用聖經故事，用以彰顯正與邪之別。例如此處厄特森律師這段話，原來出自聖經〈創世記〉當中哥哥（該隱）殺害弟弟（亞伯）的故事，但史蒂文生巧妙安排這個聖經故事，預示了《化身博士》接下來會出現的情節：善良的傑奇（可視為「哥哥」）必須除滅邪惡的海德（可視為「弟弟」），世界的秩序才能恢復。雖然聖經故事的安排恰與《化身博士》相反（聖經中，邪惡的哥哥該隱殺害了善良的弟弟亞伯），可是既然邪惡的弟弟海德亟欲將傑奇的身軀、財產全部竊為己有，因此史蒂文生的安排也就顯得合理了。

絕。街上的居民似乎過得不錯，且汲汲營營地希望更好，於是生意有了盈餘就拿來妝點店面，好不招搖。因此沿著大街的店面都散發出歡迎來客的意味，就像有一排微笑的銷售小姐在那裡。即使是星期日，街上鮮活的氣氛已經大為收斂，變得空空落落，但是與鄰近地區的破敗相比，這裡仍然十分突出，像是萬綠叢中一點紅。新漆過的百葉窗、擦得晶亮的銅器，還有整個乾淨與愉快的情調，立即吸引路人的視線，讓人看了都心情愉快。

左邊東向的街角數過來兩戶的地方，一整排的房子被一處庭院的入口隔斷。在這裡，一棟建築物的某個部分散發著邪惡的氣息，把山牆從這裡朝街上推出。這棟房子有兩層樓高，看不到窗戶在哪，一樓有一扇門，二樓是一片褪色的牆壁，處處顯露出長期疏於照料、骯髒破敗的跡象。風吹雨打、污漬斑斑的門上既沒有門鈴也沒有門環。流浪漢蜷縮在此歇息、在門板上劃火柴；孩子坐在台階上，似乎把這裡當成自己的地盤，男學生在嵌線飾帶上試刀。將近一個世代的時間裡，人們似乎都無意攆走這些不時造訪的過客，或整修他們造成的破壞。

恩菲爾德先生與厄特森律師走在街道的另一邊。當他們並肩走到街口時，恩菲爾德先生舉起手杖，指點著前方建築的大門。

「你注意過那扇門嗎？」他問。厄特森回答表示注意過之後，他接著說：「曾經發生過一件古怪的事故，讓我十分在意那扇門。」

厄特森先生說：「真的嗎？」接著，聲調略微一變，「是什麼事呢？」

恩菲爾德先生回答：「啊，話說，某個昏暗的冬日，我那天出了遠門，遠到像去了世界盡頭一樣，大約清晨三點才回來，穿過城裡某個地方，那裡除了路燈之外真的沒什麼可看。我走過一條街、再一條街，所有的人都在熟睡；我繼續往下走，每條街上的路燈都亮著，照著空無一人、寂靜無聲的馬路。走到後來，我因為怎樣都聽不到聲音，心裡竟然開始希望就算遇到警察也好。突然，我看到兩個人影：一個小個頭的男人，踩著穩健的步伐向東而去；另一個是大約八到十歲的女孩，正用盡全力跑過一個十字路口。呃，你也知道，這兩個人一定會在轉角相會，接著恐怖的事來了：那個男人撞倒了小女孩，他並不覺得緊張，就任由她倒在地上尖叫，你聽起來可能覺得沒什麼，但是親眼看見時真讓人不寒而慄。他不像個人，倒像是一股強大的破壞力，要壓碎路上所有障礙。我一邊大喊一邊追趕，最後逮住那個男人，把他帶回女孩跌倒尖叫的地方。這時候，那裡已經圍了不少人。」

「這個男人非常冷靜，絲毫沒有抵抗，但他瞪著我的醜惡眼神讓我冷汗直流。趕過來的都是小女孩的家人，原本小女孩被差遣去找的醫生很快也趕到了現場；當然，女孩身體沒什麼大礙，只是受了驚嚇。你可能以為這件事就到此為止了，但是現場的情況還是非常詭異，對於那個兇手我一看就討厭，女孩的家人自然也是一樣，但讓我訝異的是醫生的反應，這位醫生就是個非常普通、一板一眼的藥劑師，看不出年紀或族裔，講話有很重的愛丁堡口音，情緒起伏就跟蘇格蘭風笛的聲音一樣平板。先生，我想不到他也跟我們其他人一樣，我注意到他每多看那個罪魁禍首一眼，就愈來愈不舒服、臉色愈來愈白。我知道他心裡已經暗生殺機，他也知道我早有此意，但我們當然不可能殺人，因此只好退而求其次想其他解決方法。我們告訴那個男人，我們可以刻意大肆張揚這件事，讓他從此在倫敦身敗名裂，朋友離他而去，他的名聲將一落千丈。」

「此時不但我們情緒激動，身旁的婦女也張牙舞爪，我們還得盡力阻止，因為她們已經暴怒得如人頭鳥身的女妖一般；我從沒見過圍觀群眾的臉上有如此厭惡的神情。但是被圍在中間的男人，身上帶著陰沉、輕蔑的冷酷，跟撒旦一樣駭人。他說：『如果你們要藉機敲詐，我當然只好任你們宰割，不是因為我有教養，而是我不想把事情鬧大而已。開價吧！』當然，我們狠狠替女孩的家人開了一百英鎊的價碼。很顯然他想要突圍脫身，但是圍觀的群眾中許多人面露不善，因此最後他接受了以這樣條件和解。」

「下一步就是把錢拿到手，我想你也猜到了吧，他帶我們去的地方就是那扇門的所在之處。他摸出鑰匙，開門進屋，很快拿出十鎊金幣和一張顧資銀行的支票，持有人可以憑票向銀行兌款。支票上簽的名字常常見報，可說是家喻戶曉，也是這件事的精彩之處，但在此我當然不便透露了。支票上的數字雖然筆跡僵硬，但簽名就算是偽造的，看起來也相當自然可信。我自己做主下了判斷，跟他說這整件事看來是一場騙局，一個人在清晨四點走進某扇地窖門，出來時手上拿著另一個人簽名的支票，金額還將近一百鎊，這怎麼看都有問題。但他看起來一派輕鬆，冷笑說：『你放心，我會跟你們一起等到銀行開門，親自去兌現支票。』因此我們所有人，包括醫生、女孩的父親、那個男人，還有我，都一起在我的房間裡度過下半夜。隔天用過早餐後，我們一同前往銀行，我親自拿出支票，向行員堅持說這張支票是偽造的，但完全不是；支票貨真價實。」

「嘖嘖嘖。」厄特森先生說。

「我的感覺跟你一樣，」恩菲爾德先生說，「沒錯，糟透了。這個男人是個大家避之惟恐不及、人見人怨的傢伙，而開支票的人卻是謙謙君子中的翹楚，人人景仰，而且更糟的是他樂於行善，跟你是同一種人。我猜應該是勒索吧，一位誠實的人忍痛為年輕時的行為不檢所付出的代價。所以我現在都把那扇門的所在之地稱為勒索之屋；即使這樣，還是不足以解釋一切。」他說到結尾時，陷入沉思之中。

但厄特森先生突然問了個問題，打斷他的思緒，厄特森先生問：「你知道在支票上簽名的人有沒有住在那裡？」

恩菲爾德先生回答：「很有可能是住那裡，對不對？不過我碰巧注意到開票人的地址，是其他地方。」

厄特森先生說：「那你從沒打聽過有那扇門的那戶人家嗎？」

恩菲爾德先生回答：「不，先生，我覺得不去問比較禮貌。我對於問問題有自己堅守的立場，因為那會太像最後的審判。一旦你開始問問題，就像去鬆動一塊石頭一樣。你靜靜坐在山頂，然後石頭開始滾動，帶動其他石頭，接著你一定料不到，某位和藹可親的老人家就在自家後院被石頭敲到腦袋，發生這種憾事，這家人也只好隱姓埋名了。不，先生，我給自己定了規矩：如果事情聽起來跟奎爾街②有關，我就盡量不過問。」

「真是明智之舉。」律師回答。

「但我自己研究過那個地方，」恩菲爾德先生繼續說，「那裡幾乎算不上是一棟房子，只有一扇門，而且只有那個激發我冒險精神的

②奎爾街（Queer Street）並不是一條真正的街道，英文俗諺中，如果某人被形容為身在奎爾街，就表示他陷入了財務困難。

男人偶爾會從這裡出入。二樓有三個面對著院子的窗戶，一樓沒有；窗戶一直都關著，但是很乾淨。還有，煙囪常常冒煙，表示一定有人住在房子裡面。但是也不能完全確定，因為那個庭院周圍的房子太擠了，很難分出房子與房子間的界線。」

兩人又沉默無語地走了一段路，然後厄特森先生說：「恩菲爾德，你那條規矩真是明智。」

「我也這麼認為。」恩菲爾德回答。

律師繼續說：「但是對於這整件事，我還有一個問題：撞倒孩子的那個男人，叫什麼名字？」

「呃，」恩菲爾德先生說，「告訴你應該沒有關係，那個男人叫做海德。」

「嗯，」厄特森先生說，「他看起來是個怎麼樣的人？」

「不太好形容。他的外表有點不對勁，讓人厭惡、一看就討厭，我從來沒見過讓我這麼不喜歡的人，但實在又說不出是什麼原因。他身上一定哪裡有畸形，扭曲殘缺的感覺十分強烈，可是說不上來是哪裡。他的外表十分奇特，不過我實在不知道該如何形容。不，先生，我沒辦法回答你的問題，我沒辦法描述這個人，但不是因為我記性不好；他的長相我到現在都還記得清清楚楚。」

厄特森先生再度沉默無語走了一段路，而且顯然心事重重。

最後他終於問：「你確定他有用鑰匙？」

恩菲爾德大為驚訝，開口說：「先生您……」

「我知道，」厄特森先生說，「我知道這麼問聽起來很奇怪。事實上，我沒有問你另一個人的名字，是因為我已經知道他是誰了。你懂吧，理察，你不要再編故事了，如果你有哪裡是胡謅的，最好趕快改正過來。」

恩菲爾德微帶惱怒地回答：「那你應該先提醒我啊，不過我可不是像你說的是在胡說八道，我說的都是事實。那個傢伙有鑰匙，而且鑰匙現在還在他手上；不到一週前我才看到他用鑰匙開門。」

厄特森先生深深嘆口氣，但什麼都沒說。年輕的恩菲爾德馬上又說：「沉默是金，今天又學到了一課。答應我，以後別再提這件事了。」

「正合我意。」厄特森先生說，「我舉雙手贊成。」

第二章

尋找海德先生

當天晚上，厄特森先生回到自己的單身住處，悶悶不樂，晚餐吃得食不知味。星期日他原本習慣在飯後坐在火爐邊，書桌上擺放一本枯燥的神學著作，一直讀到鄰近的教堂敲響午夜十二點的鐘聲，然後他才會謹慎、滿懷感激地就寢。但是這個晚上，餐桌才剛收拾好，他就拿著蠟燭走進辦公的書房。

他打開房裡的保險箱，從最隱密的角落拿出一份文件，封套上署名為「傑奇博士遺囑」；他眉頭深鎖地研究文件內容。這份遺囑是立囑者親筆寫下後交給厄特森先生的，雖然厄特森先生負責保管遺囑，但拒絕在立遺囑一事上提供任何協助。遺囑中註明，若具備醫學博士、民法博士、法律博士、皇家學會研究員等頭銜的亨利．傑奇亡故，所有財產將轉移給「他的朋友與受益人愛德華．海德」；但若傑奇博士「消失或無故失聯超過三個月整」，上文提及之愛德華．海德應取代上文中之亨利・傑奇，不得延宕；除需支付博士家中成員小額款項之外，不須負擔任何責任或義務。

厄特森先生一直覺得這份文件十分礙眼。厄特森這位律師偏好依循日常生活習慣與常識行事，對他而言，奇異的事物就代表傲慢無禮，因此這份文件讓他深感不滿。之前他之所以忿忿不平，是因為對於海德先生一無所知，如今則是因為他知道了海德先生的為人。之前他除了海德的名字之外什麼都不知道，這已經夠糟了；現在這個名字還附帶了可憎的人格特質，讓情況益發惡化。除了每況愈下的局勢之外，長時間遮在他眼前的那層虛幻迷霧中，某個惡魔突兀、明確的樣貌現在已躍然成形。

厄特森先生把那份可恨的文件放回保險箱，說：「我原本以為這件事只是瘋狂，但現在我開始擔心有人的名譽將會受損。」

然後他把蠟燭吹熄，穿上長大衣，朝著卡文迪西廣場的方向，走到一間熱門的診所。他的名醫朋友藍尼恩就住在這裡，替慕名而來的病人看診。厄特森先生想：「如果有誰知道這件事的內情，那肯定是藍尼恩。」

診所儀態莊重的管家認識厄特森先生，歡迎他的來訪。厄特森先生沒有浪費時間，直接走進屋裡，藍尼恩醫生正獨自坐在餐廳小酌。藍尼恩醫生是個精神奕奕、健壯、爽朗、紅光滿面的紳士，一頭亂髮已經發白，態度堅定，說話聲音很大。

醫生一看到厄特森先生就從椅子上跳起來，伸出雙手，以一貫的熱情歡迎他。這樣的熱誠雖然看起來有些誇張，但是有真摯的感情為基礎。兩人從中學到大學一直是好朋友、好夥伴，彼此敬重，更難得的是兩人都十分喜歡彼此在一起的時光。

閒聊一會兒之後，律師提起盤據心頭、讓他蠻煩惱的主題。

「藍尼恩，我猜想，我們倆一定是亨利．傑奇所認識最老的朋友吧？」他說。

藍尼恩醫生輕笑起來：「真希望他的朋友都能年輕一點。不過是啊，是這樣沒錯。怎麼了嗎？我現在很少看到他。」

「是嗎？」厄特森先生說，「我還以為你們有共同的興趣。」

「以前是這樣，」醫生回答。「但是早在十多年前，亨利．傑奇對我而言就已經變得太不實際；他變得不太對勁，腦袋裡的想法怪怪的。雖然看在老交情的份上，我一直很關切他的情況，但不管是現在還是過去這些年來，我都很少看到他。」醫生忽然激動起來，臉色漲紅地說：「他那些毫無科學根據的胡說八道，連生死至交的情誼都能破壞。」

這突如其來的怒火反而讓厄特森先生鬆了一口氣，心想：「原來只是科學上的意見不合。」除非事關財產讓與，不然厄特森先生對科學絲毫沒有興趣；他甚至隨口附和：「真是糟糕透頂！」然後停了幾秒，讓醫生有時間恢復冷靜。接著他提出此行真正想問的重要問題：「你知不知道亨利身邊有一位海德先生，你見過他嗎？」

「海德？」藍尼恩覆誦一次後說，「沒有，從來沒有，我這輩子從沒聽過這個名字。」

❁

律師回到他寬大、黑暗的床鋪時，得到訊息的就這麼一點。從凌晨到清晨，時針所指的數字愈來愈大，他仍然在床上翻來覆去，一整夜都因為心事重重而難以成眠，無法甩脫問題的圍攻。

附近的教堂敲響了早晨六點的鐘聲。厄特森先生仍然在苦苦思索。之前他都只用理性思考，但現在他的想像力也加了進來——或是說，被迫加了進來。當他在拉上窗簾、一片漆黑的房間中輾轉反側時，恩菲爾德先生描述的事故掠過他心頭，就像一幅有光線照亮的圖畫卷軸。他先注意到這個不夜城中的大片路燈，然後是一個男人疾行的身影，接著一個孩子從診所的方向跑過來；兩人碰頭，然後人形戰車輾過孩子，繼續前進，無視於女孩的尖叫。或者，他會看到在一棟豪宅的某個房間中，他的朋友傑奇睡得正熟，在夢中微笑；接著房門開了，床帷被扯開，睡著的人驚醒，但是，噢！他身邊站著的人影充滿威脅的力量，就算他死期將至，也不得不服從闖入者的命令。

這兩件事中的人物糾纏了律師一整夜。就算他在打瞌睡時，也只看到那個人影更鬼鬼祟祟地在主人熟睡的房屋間移動，或是行動愈來愈迅速、以快到讓人眼花的速度，在路燈閃耀的都市迷宮中穿梭，在每個路口撞倒孩子，放任他們尖叫。但這個身影沒有臉，即使在夢中也沒有，無法讓人辨識；或許是一張騙人的假面具，在律師的眼前融化。因此律師的好奇心急速、幾乎反常地愈來愈旺盛，亟欲一窺海德先生的尊容。他認為如果能看海德先生一眼，就像仔細研究任何神秘事物一樣，一定能解開謎題，讓真相大白，也許可以知道為什麼他朋友傑奇博士異常地關照或喜愛這個人，甚至寫下遺囑裡這樣驚人的條文。不管怎樣，這張臉本身絕對值得一看——那張臉的主人毫無憐憫之心，讓不太會情緒激動的恩菲爾德，都在心裡留下難以磨滅的憎惡。

自此之後，厄特森先生經常出沒在位於商店街上那扇門的附近。早晨上班時間之前、中午業務繁忙之時、晚上在朦朧月色之下，就著街燈，不管人多人少，律師都會在他選好的地點守著。

他心想：「如果他是『躲藏先生』，那我就是『尋找先生』①。」

他的耐心終於獲得了回報。一個晴朗乾爽的夜裡，空中裡飄著霜，街道乾淨得有如舞廳地板。路燈絲毫不為夜風所撼，和平常一樣投下光影的圖案。到了十點，商店都關門了，這條街變得非常荒涼。即使四周還有倫敦低沉的喧鬧聲，但整條街變得非常安靜，連細微的聲音都能傳得很遠，屋子裡的聲音在巷道兩邊都能聽得很清楚，行人交頭接耳的喃喃低語聲老遠就聽得到。厄特森先生在崗位上站了一會兒之後，聽到古怪、輕巧的腳步聲逐漸靠近。在夜間盯梢期間，他已經很熟悉在城市的喧囂中，即使某人仍在遠處，逐漸清晰可聞的腳步聲可以造成的奇特效果。但是他的注意力從不曾如此敏銳、警醒。他有一種強烈、近乎迷信的預感，覺得謎底即將揭曉，因此他退到了庭院的入口。

腳步聲很快接近，轉過街角之後突然變得更大聲。律師從入口往前看，很快便看到他要找的人究竟是長什麼樣子。此人個子矮小，穿著樸素；即使還隔著一段距離，他的長相已經讓親眼目睹的律師大為反感。他沒有浪費時間，直接穿過街道走向那扇門，靠近門邊時，他就和所有人一樣，從口袋裡拿出了鑰匙。

厄特森先生走出來，靠近那個男人，輕觸他的肩膀說：「我想，您是海德先生吧？」

①此處為文字遊戲。海德（Hyde）的英文發音與「躲藏」（hide）一字相同。厄特森因為遍尋不著海德先生，認為他人如其名、「躲藏」起來了，因此厄特森的工作就是要尋找（seek）海德先生。

海德先生往後縮，倒抽了一口氣，但他的恐懼只是暫時的。雖然他沒有直視律師的臉，但以冷酷的聲音回應：「的確是我沒錯。你要幹嘛？」

「我看到你要進入屋內，」律師回答，「我是傑奇博士的老朋友。你可能聽過我的名字了，敝姓厄特森，住在甘特街。正巧遇到你，我想也許你可以讓我進屋。」

「你不會見到傑奇博士，他出門了。」海德先生一邊回答，一邊把鑰匙插進鎖孔。然後他忽然問：「你怎麼知道我的？」他仍然沒有抬頭。

「先別提那個，」厄特森先生說，「可以幫我一個忙嗎？」

「樂意至極，」對方回答，「什麼樣的忙？」

律師問：「可以讓我看看你的臉嗎？」

海德先生似乎遲疑了一下，接著好像在迅速考慮之後，臉帶鄙夷地面向前方，兩人目不轉睛地互瞪了幾秒鐘。厄特森先生說：「如果再遇見你，我就認得出來了。說不定哪天會派上用場。」

海德先生回答：「沒錯，或許我們先認識了也好。不如這樣，我給你我的地址。」他說了索霍區某條街上的門牌號碼。

「老天！」厄特森先生心想，「他該不會也在想著那份遺囑？」但是他沒有顯露出自己的想法，只咕噥了幾聲，表示記下了地址。

「好吧，」對方說，「你到底是怎麼知道我的？」

「聽來的事情。」

「聽誰說的？」

「我們共同的朋友。」厄特森先生說。

「共同的朋友？」海德先生重複，聲音有點嘶啞。「誰啊？」

「比如說，傑奇。」律師回答。

「不可能，」海德先生忽然勃然大怒地叫道，「你怎麼可以說謊！」

「冷靜點，」厄特森先生說，「講這種話真不得體。」

海德咆哮出一串野蠻的笑聲。下一刻，他以異乎尋常的速度打開門鎖，躲進了屋裡。

❁

海德先生離開後，律師神色不安地在原處站了一會兒，然後慢慢走回街上，每走一、兩步就停下來，把手放在額頭上，顯然十分困惑。他一邊走一邊思索，卻想不出答案。海德先生膚色蒼白、略顯矮小，看起來畸形，卻又說不出哪裡不對勁；笑容惹人討厭，而且帶有某種兇殘的氣質，混合了羞怯與大膽的特質；講話像是耳語，聲音嘶啞又不連貫。這些特點都是海德的缺點，但是總和起來，仍然難以解釋厄特森先生目前對他的感想：毫無理由的厭惡、憎恨和恐懼。「一定還有其他東西，」困惑的律師心想，「不只這些，但我得想想要怎麼表達。老天保佑，那個男人簡直不是人類！可以說他像是類人猿嗎？還是像童謠裡的菲爾博士②？還是靈魂的缺陷反映到外在，讓軀體也扭曲了？這才是解答。喔，可憐的亨利！如果有人問我曾在誰的臉上看過撒旦的印記，答案就是你的新朋友。」

②菲爾博士：原文為Dr. Fell，是一首英文童謠，以孩童的口氣對一位名為菲爾博士的人說：「我不喜歡你，但我不知道原因。」此處厄特森先生用菲爾博士比喻海德先生，因為他不喜歡海德先生，卻說不出原因。

從這條巷道轉彎後，就會到達一處建築古老、優雅的街區。但現在這一區榮光不再，各樓層和房間裡住進了各式各樣的人：地圖雕刻師、建築師、招搖撞騙的律師、某某公司的業務。不過從轉角數過來的第二棟房子，仍然維持完整，顯得富裕又舒適。雖然這一家的正門，現在除了氣窗透出來的光線之外一片漆黑，厄特森先生仍在這裡停下腳步敲門。一位年長、衣著端正的僕人開了門。

律師問：「普爾，傑奇先生在家嗎？」

「我去看看，厄特森先生。」普爾回答，並讓來客進屋，進入寬大舒適、天花板低矮的大廳。大廳仿效鄉村別墅的風格，開放式壁爐裡明亮的爐火讓大廳十分溫暖，地上鋪著石板，廳內還有昂貴的橡木壁櫥。「先生，您要在這裡的爐火旁稍等嗎？還是我幫您把餐廳的燈點起來？」

「這裡就好，謝謝你。」律師回答，靠近爐火並倚在爐圍上。這間大廳是博士鍾愛的地方，厄特森也常說這裡是倫敦最舒適的房間。但今晚，在他的血液中某種顫動在流竄，海德的臉重重壓在他的記憶裡，讓他對現實中的一切感到噁心又厭惡；這種情況非常少見。在低落的情緒中，磨光打亮的壁櫥上反映的火光搖曳、屋頂上令人不自在的凸出陰影，似乎都帶有威脅。當普爾很快回來報告說，傑奇博士外出不在時，他對自己竟然覺得如釋重負，感到可恥。

他說：「我看到海德先生從另一邊的舊房間進屋。傑奇博士不在家的時候都是這樣嗎？」

「都是這樣，先生。」僕人回答：「海德先生有鑰匙。」

「你的主人似乎非常信任那位年輕人，」厄特森先生玩味地說。

「是的，先生，確實如此。」普爾回答，「主人命令我們要服從他。」

厄特森問：「我想我沒有正式見過海德先生吧？」

「噢，當然沒有，先生。他從不在這裡用餐。」管家回答，「其實我們很少在房子的這一邊看到他。他通常都從實驗室出入。」

「好吧，晚安，普爾。」

「晚安，厄特森先生。」

律師心情沉重地走上歸途。「可憐的亨利！」他心想：「我真擔心他現在有麻煩了。他年少的時候當然也輕狂過，不過那是好久以前的事了。只是上帝的律法中，沒有追訴時效這回事。啊，一定是這樣：昔日的罪行，丟臉、見不得人的醜事，陰魂不散地糾纏傑奇。現在懲罰降臨了，不是不報，只是時候未到，即使潔身自愛到已經足以使罪行獲得饒恕，而且歲月也已經沖淡了記憶，但罪孽仍未消失。」

這種想法讓律師害怕，開始細數自己的過去，在記憶的每個角落摸索，深怕會有什麼意想不到的人物、昔日的罪惡，忽然暴露在光天化日之下。他的過去幾乎無可指責，沒幾個人在檢視自己的過去時可以這麼放心。但是他幹過的壞事仍然讓他感到無地自容，而其他許多在最後關頭得以避免的錯事，又讓他的情緒冷靜下來，在恐懼中仍感慶幸。然後他又想到原本的煩惱，不免感到一絲希望，心想：「這個叫海德的人，如果仔細研究一下，一定也有不可告人的秘密。看他的樣子就知道一定有什麼黑暗的內情；與之相比，可憐的傑奇就算是最糟的過去也像陽光一樣溫暖。這種情況絕不能持續下去，一想到這個生物像賊一樣偷偷潛伏在傑奇身邊，就讓我打冷顫。可憐的亨利，真是晴天霹靂！如果這個海德曉得有那份遺囑，可能會迫不及待地想要繼承一切——想想這有多危險！噢，只要傑奇允許、如果傑奇允許，我一定要竭盡全力阻止。」在腦海中，他又清晰地看到那份遺囑中的奇怪條文。

第三章
從容自若的傑奇博士

兩週之後，天大的好運降臨：傑奇博士邀請了五、六位老友到家中共進晚餐。這些人都是知識份子、有名望的紳士，和品酒的行家。厄特森先生想方設法地一直待到其他客人都已離去。這樣的安排不是頭一遭，之前已經發生過好幾回。如果厄特森先生在某處受到歡迎，那一定是真的受到喜愛。主人都喜歡在態度輕鬆、口無遮攔的賓客準備離去時，留住這位嚴肅的律師；他們喜歡在酒酣耳熱的喧鬧之後，有莊重自持的律師作陪，學習如何獨處；在律師含意深遠的沉默中，清醒一下腦袋。傑奇博士也不例外。他現在坐在火爐的另一邊，個子高大、健壯、面容光滑，年齡約五十歲，帶點狡猾的氣質，但無疑十分能幹、仁慈。從他的表情，可以看出他對厄特森先生懷抱著真摯、溫暖的情誼。

律師先開口說：「傑奇，我一直想跟你談談。還記得你的遺囑嗎？」

只要細心觀察，或許就能發現這個話題不太受博士歡迎，但博士仍然愉快地接話：「可憐的厄特森，真不幸有我這種客戶。沒人會像你一樣因為我而這麼沮喪，除了那個迂腐至極的老學究藍尼恩，他把我的意圖稱為科學異端。噢，你不用皺眉頭，我知道他是個好人、大好人，我也一直想多跟他見面。但即使如此，學究就是學究，一個一無所知、擺明就是兩腳書櫥的傢伙。我認識的所有人當中，我對藍尼恩最失望。」

「你知道我一直很反對那份遺囑。」厄特森繼續說，堅決不理會新話題。

「我的遺囑？喔，當然，我知道。」博士有點不高興地說，「你已經告訴過我了。」

「嗯，我的意見現在還是一樣。」律師繼續說，「我聽說了海德這個年輕人的一些事情。」

傑奇博士英俊的大臉突然整個蒼白起來，眼睛變得陰鬱，「我不想聽，」他說，「我們不是已經說好不談這件事嗎？」

「我聽到的都是醜聞。」厄特森先生說。

「這沒什麼差別。你不明白我的立場，」博士回答，態度有些慌亂。「厄特森，我的情況很棘手，立場非常難以解釋、非常弔詭。光是嘴巴講講，是無法解決。」

「傑奇，」厄特森先生說，「你了解我，你可以信賴我。你私下坦白告訴我一切，我一定可以幫助你脫離困境。」

「厄特森，你真是個好朋友，」博士說，「你真好，太好心了，我實在不知道該說什麼來感謝你，你是我最信任的人。唉，如果可以選擇的話，我寧可信任你而不信任我自己。但事情不是你想的那樣，沒有你想的那麼糟。為了讓你安心，我可以跟你保證，只要我想，我是可以隨時擺脫海德先生。但我仍然感謝你的關切。最後還有一句話，請你一定要聽進去：這是私事，拜託你就此放手。」

厄特森沉思了一會兒，看著爐火。「當然，你說的完全正確。」厄特森終於開口，起身準備離開。

博士繼續說：「呃，雖然我很希望這是我們最後一次談論這件事，不過既然已經開頭，我希望你明白，我對可憐的海德有很大的興趣。他告訴我你見過他，可惜的是，他當時態度不好。但是我確實對這個年輕人有非常、非常大的興趣。如果我過世，厄特森，我希望你能答應我照顧他，替他爭取應得的權益。我想如果你知道一切真相，應該就會答應這個請求。如果你能答應，就是卸下了我心頭的重擔。」

律師說：「我無法假裝我會喜歡他。」

「我沒有這樣要求，」傑奇把手放在律師的手臂上懇求著，「我只要求正義，我只要求你在我過世後，代替我幫助他。」

厄特森吐出難以壓抑的嘆息。「好吧，」他說，「我答應你。」

第四章

丹佛斯・卡魯謀殺案

將近一年之後，在十月十八日那天，一樁異常兇殘的罪行震驚倫敦全城；尤其受害人位高權重，又讓事件更受矚目。案件細節雖少但駭人聽聞。

在離河不遠的某棟屋子裡，一位獨居的女傭在大約十一點時上樓就寢。雖然凌晨時霧氣籠罩了倫敦，但是前半夜還算是晴朗無雲，滿月把從女傭房間窗外俯視的街道照得一覽無遺。這位女傭似乎生性浪漫，她坐在緊靠窗下的儲物箱上，陷入綺思的迷夢中。女傭後來淚漣漣地描述事件經過時一度說道，她第一次覺得自己與全人類這樣和諧共處，世界真是美妙。

當她坐在那裡時，注意到一位年長、衣著體面的銀髮紳士，順著街道走了過來，迎上前去的是另一位非常矮小的紳士，但一開始她並沒注意到那個矮小的男人。當他們走到可以講話的距離時，正好就在女傭的眼前，年長的紳士鞠躬，以非常禮貌優雅的態度與對方攀談。他講的似乎不是非常重要的事情；更確切地說，他的手勢看起來只像是在問路而已。但是他說話時，月光照在他臉上——女傭很喜歡他的臉，流露出某種純真、老派的仁慈天性，但仍然有一份因為充分自滿而衍生的上流氣息。她剛把視線移到另一人身上，就吃驚地認出他身上居然有海德先生的影子；海德先生拜訪過她的主人幾次，而她感覺得到主人並不喜歡他。那個矮小男人手裡把玩著一根沉重的手杖，一個字都沒有回答，而且好像快耐不住性子了。然後他突如其來大發雷霆，跺腳、揮舞手杖，而且，據女傭說，他就像瘋子一樣持續發狂。年長的紳士退了一步，似乎非常驚訝，又有點受到冒犯。就在此時，貌似海德先生的人忍無可忍，用手杖把對方打倒在地。接下來，他像暴怒的猩猩一樣，踐踏腳下的受害者；手杖像暴風雨一樣落下，骨骼碎裂的聲音清晰可聞，受害者的屍體在路面上彈跳。看到這恐怖的景象、聽到那可怕的聲音，女傭暈過去了。

她醒過來報警時已是凌晨兩點。兇手早就揚長而去，但是受害者還躺在路中央，情況淒慘無比。那根用來行兇的手杖，是用某種堅硬沉重的罕見木材製成，卻在這無情殘忍的力道揮舞下攔腰折斷。手杖的一半碎裂開來，滾進旁邊的陰溝裡；而另一半呢，無疑被兇手帶走了。從受害者身上，找到一只皮夾、一只金錶，但是沒有名片，只有一個貼了郵票的密封信封。受害者可能是想把這個寫了姓名和地址的信封拿去郵寄，寄給信封上署名的對象：厄特森先生。

隔天早晨，這個信封在厄特森都還沒起床時送到了他家裡。一看到信封、一聽到現況，他馬上嚴肅地抿緊嘴唇。「在我看到屍體之前，我什麼都不會說。」他說，「這可能是非常嚴重的事件，請等一下，讓我換衣服。」他以同樣嚴肅的表情匆匆吃過早餐後，駕車到警局，屍體已經運到那裡。他一進入房間，就點點頭。

「是的，」他說，「我認得他。非常遺憾，這位是丹佛斯．卡魯爵士。」

「老天，先生，」警官驚呼，「真的嗎？」下一刻他的眼裡閃爍著野心，知道自己的機會來了。「這一定會大受矚目，」他說，「也許你可以幫我們找到兇手。」然後他簡短說明女傭的證詞，展示那根斷掉的手杖。

厄特森先生一聽到海德這個名字就畏縮了起來。但當手杖擺在他眼前，所有的疑慮都消除殆盡。雖然手杖已經稀巴爛，但他仍然認得出來，這根手杖就是多年前他送給亨利．傑奇的手杖。

他問：「這個海德先生是不是個子矮小？」

「特別矮小，長相特別邪惡，這是女傭說的。」警官回答。

厄特森先生陷入沉思，然後他抬起頭來說：「如果您願意跟我一同搭車，我可以帶您到他的住處去。」

當時大約是早上九點，正逢那個季節的第一陣濃霧瀰漫。一大片巧克力色的天幕鋪捲而來，但是風仍然強勁，力抗整裝待發的霧氣。因此當馬車駛過街道時，厄特森先生看到了令人驚嘆的天光，各種明暗、色調都有。這裡可能跟夕陽即將西沉一樣黑暗，那裡卻可能有飽滿、豔麗的棕色，像某場奇異火災的火光。另一邊霧氣可能暫時散開，一束憔悴的天光得以從氤氳的霧氣中露臉。淒涼的索霍區在這樣的天候中若隱若現，街道泥濘、行人狼狽；路旁的街燈永遠不熄，或是熄了就重新點燃，以抵擋黑暗再度降臨的悲傷。這一切看在律師眼裡，就像是某個惡夢之城的街區。此外，他心頭的思緒，彷彿是顏色最暗沉的染料。當他瞥向車上的同伴，不禁感到對於法律與執法者的一絲駭懼，因為這兩者有時會攻擊最誠實的人。

當馬車停在指定的地址時，濃霧稍散，露出一條骯髒破敗的街道，林立著粗俗的酒館、低矮的法式餐館，以及販賣廉價服飾和便宜沙拉的商店。許多衣衫襤褸的孩子擠在門口，來自各地的異國婦女走出房子，手裡拿著鑰匙，準備早上先來喝一杯。下一刻，顏色跟棕土一樣深的霧氣再度降臨，將律師和他周圍的粗鄙不堪隔絕開來。亨利．傑奇最鍾愛的朋友就住在這裡，這人將有權繼承二十五萬英鎊的財產。

一位頭髮銀白、臉色如象牙般的老婦人打開了門，她長相邪惡，只是用虛偽的態度掩飾起來，但她的禮節無可挑剔。她說，是的，這是海德先生的房子，但他不在家。他昨天一直到很晚才回來，但在不到一小時之內又離開了。這並不奇怪，因為他的行蹤總是飄忽不定，而且常常不在家。例如，昨天是她在這將近兩個月以來第一次見到他。

「好吧，那麼，我們希望看看他的房間。」律師說。然後那個婦人說她沒有權利答應這種要求。律師接著說：「我最好跟妳介紹這位是誰，這位是倫敦警察總署的紐康門警官。」

婦人的臉上閃過一絲教人厭惡的喜悅。「啊！」她說，「他惹上麻煩了！他做了什麼？」

厄特森先生和警官互使眼色。「他似乎不是個受歡迎的人物。」警官觀察後說，「好了，好心的大嬸，妳就讓我和這位先生看看這裡吧。」

整棟屋子除了那位老婦人外，全都空蕩蕩的。唯獨海德先生使用的兩個房間裝飾得很華麗，品味非凡。一座櫥櫃裡放滿了酒，桌上放著銀製的盤子和優雅的桌巾。牆上掛著一幅傑出的畫作，是對欣賞繪畫十分內行的亨利・傑奇送的禮物（這是厄特森先生的假設），還有編織細密的地毯，顏色賞心悅目。但他們此時眼前看到的，房間看起來像是剛被人匆促地搜索過：衣服扔在地上，口袋全部被翻出來；鎖得好好的抽屜被拉開；壁爐上有一堆煤灰，像是燒過許多紙張。警官從這堆灰燼中，翻掘出一本綠色支票簿，其中一角僥倖逃過火劫；他還在房門後面找到行兇手杖的另一截。雖然警官仍有疑慮，不過他對這些發現感到十分高興。後來他們又造訪銀行，發現兇手借了好幾千鎊，警官顯然更為滿意。

他告訴厄特森先生：「我跟你保證，先生，這個傢伙逃不出我的手掌心。他當時一定神智不清，不然不會留下手杖或是燒掉支票簿。

這麼說吧，這個傢伙視錢如命。我們只要在銀行等他自投羅網，散發通緝傳單就好了。」

不過最後這點可不太容易成功，因為熟識海德先生的人並不多，就連那位女傭的主人也只見過他兩次。警方找不到他的家人，他也沒有照過相；少數能夠描述他長相的人，說詞也大相逕庭，這是目擊證詞常見的現象。只有一點是所有證詞都共通的：這個通緝犯身上有種揮之不去、難以言喻的畸形，讓目擊者印象深刻。

第五章

信的事件

當天下午稍晚，厄特森先生來到傑奇博士家門口；普爾立刻讓他進屋，並且帶他穿過廚房和以前曾是花園的院子，來到一棟通常被稱為實驗室、或「另一邊房間」的建築物前。博士從一位外科名醫後代的手裡買下這間房子，不過博士的興趣是化學而非解剖學，因此他改換了這個房子的功能。這是律師首次被帶進豪宅的這一側。

他好奇地觀察這棟破敗、沒有窗戶的建築物，在穿過階梯教室的時候，有種令人嫌惡、詭異的感覺圍繞四周。教室以前曾擠滿了熱切的學生，現在卻荒涼而寂靜，桌上放著化學儀器，條板箱和裝箱填充用的稻草散了一地，光線從霧濛濛的穹頂灑下，顯得有些黯淡。在較遠的一端，一道階梯朝上通往一扇被紅色毛呢蓋住的門。穿過門後，厄特森先生總算來到博士的房間。

這個房間很大，到處都是玻璃櫥櫃，有幾件傢俱，包括穿衣鏡和辦公桌，面對院子的三扇窗戶則裝著鐵條、滿佈灰塵。壁爐裡點著火，一盞燈照亮了壁爐架；即使在屋裡，霧氣也開始愈聚愈多。傑奇博士就坐在靠近溫暖火光的地方，看起來病入膏肓。他沒有起身迎接訪客，但舉起一隻冰冷的手，以變調的嗓音表示歡迎。

等普爾一離開，厄特森先生就說：「我直說了，你有聽到消息嗎？」

博士打了個冷顫，「有人在廣場上大喊這件事，」他說，「我在餐廳聽到他們的聲音。」

律師說：「簡而言之，卡魯是我的客戶，你也是我的客戶。我想知道我到底哪裡做得不好，你把這個傢伙藏得還不夠嗎？」

「厄特森，我對天發誓，」博士叫道，「我對天發誓，我再也不要看到他。我以自己的名譽向你保證，今生今世再也不會跟他有任何瓜葛。一切都結束了。他確實不想要我的幫助，你不像我這麼了解他。他不能再做亂、繼續危害世人了。記住我的話，他再也不會出現了。」

律師心情沉重地聽著。他不喜歡他朋友這麼激動的樣子。「你似乎對他的行蹤很有把握，」他說，「為了你好，我希望你是對的。如果案件進入審判程序，你的名字可能會曝光。」

「我相當有把握，」傑奇回答，「我無法解釋為什麼我這麼肯定，不過你也許可以就某件事給我點建議。我——我收到一封信，但我不確定是不是應該交給警方。我想把信交給你，厄特森，你會做出明智的判斷，你一定會做出明智的判斷，我對你非常有信心。」

「我猜想，你是擔心這封信會讓海德的行蹤敗露嗎？」律師問。

博士回答：「不，老實說，我並不在乎海德的下場；我受夠他了。我考慮的是我自己在這個可恨的事件中可能會暴露身分。」

厄特森反覆思索了一會兒。他對於他朋友的自私感到驚訝，但又因此鬆了一口氣。「好吧，」最後他終於說，「讓我看看那封信。」

這封信的字跡古怪、挺直，信末的署名是「愛德華・海德」；信中十分簡短說明，寫信者的資助人傑奇博士，長久以來都對他十分慷慨，著實讓他感到受之有愧；傑奇博士不需要擔心他的安危，因為他確信自己有把握可以脫身。律師看到這封信相當高興，因為它完全解釋了傑奇和海德兩人間的親近關係。律師也責怪自己先前的疑慮。

他問：「你有信封嗎？」

「被我燒掉了，」傑奇回答，「之後我才覺得不應該那麼衝動。但是信封上沒有郵戳，是有人送來的。」

「這封信可以讓我保管嗎？」厄特森問。

「我希望你代我全權處理，」傑奇博士回答，「我已經對自己沒有信心了。」

「我會考慮看看。」律師回答。「現在還有一件事：你的遺囑裡關於自己消失的附帶條件，是海德要求的嗎？」

博士似乎感到一陣暈眩。他緊閉嘴唇，點點頭。

「我就知道，」厄特森說，「他意圖謀殺你。你僥倖逃過了一劫。」

「我該慶幸的不只如此，」博士嚴肅地回答，「我還學到了教訓——喔，天啊，厄特森，真是慘痛的教訓！」他用手遮住臉，維持了好一會兒。

律師在離開博士住處之前，停下來和普爾閒聊。「順便問一下，」他說，「今天有人親自送了一封信到這裡，送信的人是長什麼樣子？」

但是普爾確定，所有信件都是郵差送來的，「而且送來的都是傳單。」

這個消息讓律師離去時，心裡又產生了新的恐懼。顯然這封信是從實驗室的門丟進去的，甚至很可能是在實驗室寫的。如果真是如此，就必須改變應對策略，要更加慎重。

他走在街上時，送報生一路在人行道上以粗啞的聲音叫賣：「號外！號外！國會議員慘遭殺害身亡。」大眾對厄特森這位客戶兼朋友的悼詞也就僅止於此。他忍不住擔心，深怕另一位朋友的美名會在這件罪行中遭玷污。

因此，雖然他一向自有主見，但面對如此棘手的問題，也不禁希望能找人商量。當然，他自忖，單刀直入絕不可能達到目的，也許旁敲側擊才是適當的方法。

⊛

稍後，他坐在自家火爐邊，另一側是律師事務所裡的資深職員蓋斯特先生。兩人中間放著一瓶陳年佳釀，跟火爐的距離恰到好處。這瓶酒原本貯藏在地下室，一直到今天才拿出來。

霧氣仍然留連在這個彷彿被溺斃的城市上空，路燈閃爍如紅腫的膿皰。在令人窒息、模糊的雲霧中，倫敦居民日常生活的步調仍然沿著主要幹道前行，發出如強風般呼嘯而過的聲音。但是房間裡爐火熊熊，氣氛愉悅。酒瓶裡的酸性早就揮發了，紫紅的酒色也隨著時間變得柔和，就像窗戶上的污漬隨著日積月累會逐漸變深；丘陵上的酒莊在這瓶醇酒裡封存了秋季午後的炎熱，此時就要發威，驅散倫敦的寒霧。

律師也在不知不覺間受到影響。他對蓋斯特先生說話的時候比對任何人都坦白，有時甚至無法確定是否過於直率。蓋斯特常常去傑奇博士那裡洽公，也認識普爾，不可能沒有聽說海德先生與博士有多親近，因此蓋斯特可能知道答案。那麼，是不是也該讓他看看這封會揭曉謎題的信？最重要的是，蓋斯特是研究筆跡的專家、鑑定家，他是否也認為這封信合情合理？除此之外，他還會樂於提出忠告。看了如此奇怪的文件之後，他不可能沒有任何評語；而他的評語可能是厄特森先生下一步行動的依據。

厄特森先生說：「丹佛斯爵士的事情真是不幸。」

「確實如此，先生，這件事引發了大眾強烈的情緒反應。」蓋斯特回答。「那個人想必是個瘋子。」

「我希望聽聽你對於這件事的看法，」厄特森接著說。「我有一份他寫的文件。這件事情請保密，因為我實在不知道該拿它怎麼辦。不管怎麼說，這都是天大的醜聞。這裡，在你面前的就是殺人犯的筆跡。」

蓋斯特的眼睛亮了起來。他馬上坐下來，滿懷熱情地研究那封信。「不，」他說，「這個人沒瘋，但是筆跡十分奇怪。」

「而且寫的信也十分奇怪。」律師加了一句。

就在這個時候，僕人拿著一張字條進來交給律師。

「先生，是傑奇博士送來的嗎？」蓋斯特問，「我想我認得那個筆跡。是私事嗎？」

「只是晚宴的邀請函。怎麼了？你想看看嗎？」

「看一下就好。謝謝您，先生。」蓋斯特把這兩張紙並排放在一起，聚精會神地比較內容。「謝謝您，先生，」他終於說，然後把兩份文件都還給厄特森。「非常有趣的筆跡。」

然後他便不再說話。厄特森先生在沉默中天人交戰，突然問道：「蓋斯特，為什麼你要比較它們？」

「呃，先生，」蓋斯特回答，「它們十分相似。兩份文件的筆跡有多處完全相同，只有傾斜的程度不一樣。」

「真奇怪。」厄特森說。

「是啊，就像您說的，真奇怪。」蓋斯特回答。

「你應該知道，我不會洩露字條的事情。」厄特森說。

「當然不會，先生，」蓋斯特回答，「我懂。」

當天晚上，厄特森先生一等到只有他自己一個人時，就把字條鎖進保險箱，打算一直藏在那裡。「天哪！」他想。「亨利．傑奇為了殺人犯而偽造文書！」他全身的血液都冰冷了起來。

第六章

藍尼恩醫生的怪事

時光飛逝，丹佛斯．卡魯爵士的逝世在群眾心裡造成不小的衝擊，人人痛恨兇手，當局懸賞好幾千英鎊來追緝兇手。但是即使警方佈下了天羅地網，海德先生卻就此消失，彷彿從不曾存在一樣。許多往事都被一一揭發出來，每一樁都讓他更加聲名狼藉：關於此人不但殘酷、暴戾、麻木不仁，雙手充滿罪孽，而且還有奇怪的同夥，所到之處似乎都有仇恨的情緒如影隨形。但是關於他目前的下落，卻毫無斬獲。殺害丹佛斯．卡魯爵士的當天早晨，他離開索霍區的住處後，就人間蒸發了。隨著時間過去，慢慢地，厄特森先生逐漸放鬆了警戒，心境也恢復平和。照他的想法，海德先生的消失足以補償丹佛斯．卡魯爵士的死亡而有餘。現在既然這股邪惡力量已經消失，傑奇博士也可以展開新生活。他不再與世隔絕，重新與朋友往來，再度成為他們熟悉的訪客和主人。他過去一向以熱心公益聞名，現在對於宗教也同樣投入。他非常忙碌，活躍於社交活動，樂善好施，內心樂於服務的精神完全顯現在臉上，表情開朗而明亮。兩個多月以來，博士都非常平靜。

一月八日，幾個朋友在博士家共享晚餐，厄特森、藍尼恩都在座。博士看著他們兩人的神情，就跟當年他們是三劍客的好哥兒們時一樣。可是到了十二日以及十四日，律師卻被拒於門外。

「博士把自己關在屋裡，」普爾說，「不見任何人。」

十五日，律師又試了一次，再度被拒於門外。過去兩個月來，律師已經習慣幾乎天天見到這位朋友，現在博士卻又躲回孤獨之中，讓他心情十分沉重。第五個晚上，他和蓋斯特一起吃晚餐；第六個晚上，他決定去找藍尼恩醫生。

至少在這裡他不會再吃閉門羹。但當他進屋時，醫生容貌的改變讓他大吃一驚。醫生臉上彷彿已經寫了死刑執行令：紅潤的臉色變得蒼白，健壯的身體形銷骨立，頭髮明顯更稀疏，看起來更衰老。但是除了生理上顯見的快速衰退，厄特森還另外注意到，醫生眼神和態度間流露出一種深植於內心的恐懼，厄特森忍不住猜想，難道就連藍揚醫生自己也不免害怕死亡來臨嗎？「沒錯，」他想，「他是醫生，一定知道自己的情況，知道自己來日不多，而這一點讓他難以承受。」但當厄特森提到他的病容，藍尼恩醫生帶著大無畏的氣度，宣布自己即將死亡。

「我中風了，」他說，「好不了了。我只剩幾週的壽命。不管怎樣，人生十分美好，我熱愛人生。沒錯，先生，我曾經熱愛人生。有時我會想，如果我們能參透人生，應該會更樂意告別人世。」

「傑奇也病了，」厄特森說，「你有見到他嗎？」

這時藍尼恩的臉色一變，顫抖地舉起手。「我不希望再看到或聽到傑奇博士的事，」他的聲音很大但卻不太穩定，「我跟這個人已經沒有瓜葛了。我也懇求你不要再提起他；我當他已經不在人世。」

「嘖嘖，」厄特森先生說。過了好一段時間，他才問：「我沒辦法幫上忙嗎？我們三個已經是老交情了，藍尼恩，人生再走下去也交不到這種朋友了。」

「你幫不了忙，」藍尼恩回答，「你自己問他。」

「他不肯見我。」律師說。

「我一點也不意外，」醫生回答。「厄特森，等我死了以後，總有一天你可能會知道整件事的對錯；我沒辦法直接告訴你。現在，如果你願意坐下來跟我聊聊別的事，看在老天的份上就坐下來吧！但如果你非要談到這個該死的話題，老天啊，請你離開，因為我受不了。」

厄特森一到家，就坐下來寫信給傑奇，抱怨他被拒於門外，也問到跟藍尼恩撕破臉的事情。隔天長長的回信來了，措詞可憐兮兮，有時會陷入詭譎、神秘的不知所云。跟藍尼恩的爭吵已經沒有轉圜餘地了。「我不怪我們的老朋友，」傑奇寫道，「但我跟他都同意，我們不應該再見面。從今以後，我打算徹底離群索居。如果你常常被我拒於門外，請你千萬不要驚訝，也不要懷疑我對你的友誼。請務必包容我，讓我過黑暗的生活。我受到了懲罰，也面臨危機，但是我不能透露細節，這一切都是我咎由自取。如果我是惡貫滿盈的大魔頭，那麼我也是飽受煎熬的受害者。我沒料到這世上能有如此駭人的苦難和恐怖。要減輕這命運的重擔，厄特森，你能做的只有一件事，就是尊重我的沉默。」厄特森非常驚訝。他以為博士已經不再受到海德的黑暗力量影響，也已經恢復他舊日的作息和愛好。一週前，博士的笑容還顯露出他這個年紀特有的愉悅和光彩。現在一下子，友誼、心靈的平靜、人生的節奏全被打亂了。這麼突如其來的劇烈轉變，讓人以為博士可能瘋了；但是考慮到藍尼恩所表現出來的態度和措辭，想必其中有更深層的原因。

一週後，藍尼恩醫生病臥在床，不到半個月就魂歸西天。葬禮當天的晚上，悲痛不已的厄特森將自己鎖進辦公室，坐在一盞憂鬱的燭光旁，拿出一個信封擺在面前。信封上有已故藍尼恩醫生的筆跡，封口有醫生的印鑑。

私人信件：僅限厄特森親閱。若厄特森在閱信前亡故，則應原封銷毀。

信封上斷然的說明讓律師十分害怕看到內容。「我今天已經埋葬了一個朋友，」他想，「這封信會不會讓我又賠上另一個朋友？」他馬上譴責自己，這種恐懼是對朋友的不忠，於是他打開了封口。

信封裡又有一個信封，一樣有印鑑封口，信封上寫著：「亨利．傑奇博士亡故或消失後，才得打開此信。」厄特森不敢相信自己的眼睛。

沒錯，就是消失。上次看到這個字眼，是在那份瘋狂的遺囑裡；他早就把遺囑還給立囑者了。

在這裡，消失又跟著亨利．傑奇的名字一起出現。但在遺囑裡，消失是出於海德這傢伙陰險的慫恿，意圖明顯而恐怖；然而，出自藍尼恩之手，會是什麼意思呢？身為受託人的律師，心裡湧起強烈的好奇，想要忽略禁令，立刻一窺謎團的真相。但職業道德以及對已故朋友的忠誠，是牢不可破的義務。這封信因此就躺在他私人保險箱的最深處。

☸

克制好奇心是一回事，戰勝好奇心又是另一回事了。從那天起，厄特森是否還像以前一樣渴望見到他還在人世的那位朋友，這就頗值得懷疑。他會心帶憐惜地想起他，但是這些念頭往往令人不安且恐懼。他仍然會不時去拜訪傑奇博士，但被拒於門外時，說不定他反而鬆了一口氣。也許在他心裡，他寧可待在門階上跟普爾講話，四周是寬闊城市的空氣與聲音，而不想進入那間自願受縛的屋子，坐下來跟裡頭莫測高深的隱士談話。

說到底，普爾也沒有什麼愉快的消息可以傳達。博士現在似乎比以往更常待在實驗室的小房間，有時候甚至會睡在那裡。他沒有精神、不發一語，也不看書，好像有什麼心事。厄特森已經聽慣了這種一成不變的報告，於是逐漸減少造訪的次數。

第七章

窗戶事件

某個星期天，厄特森先生和恩菲爾德先生按慣例出來散步時，恰好又來到了那條巷道。經過那扇門時，兩人都停下腳步看著它。

恩菲爾德說：「呃，至少那件事情算是結束了。我們再也不會看到海德先生。」

厄特森說：「希望是如此。我有沒有告訴過你，我見過他，而且跟你一樣覺得厭惡？」

「不可能有人見到他而不覺得厭惡，」恩菲爾德回答。「順便說一下，我居然不知道這裡是傑奇博士家的後門，你一定覺得我是笨蛋！我後來會發現，有一部分也是因為你。」

「所以你還是發現了，對不對？」厄特森說。「既然如此，那我們就進到庭院裡去看看窗戶。老實告訴你，我很不放心可憐的傑奇。我想即使我只是在屋外探望他也好，見到朋友應該會對他有益。」

庭院裡非常涼爽，有一點點潮濕；高懸頭頂的天空，即使在夕陽時分仍然明亮，庭院已提早沉浸在暮色的微光中。三扇窗戶中間的那一扇半開著，厄特森看到傑奇博士緊靠窗戶坐著，臉上滿是無盡的哀傷氣息，像個心如死灰的囚犯。

「啊，傑奇！」厄特森叫著，「看來你的情況好多了。」

「我現在在谷底，厄特森，」博士陰鬱地回答，「在谷底。感謝老天，不久後我就解脫了。」

「你在屋裡待太久了，」厄特森律師說，「你應該要走出來，就像恩菲爾德先生這樣。跟你介紹，這位是我的表親，恩菲爾德先生，你要像他和我這樣多多走動，促進身體的血液循環。來吧，快點，去拿你的帽子，和我們一道走走。」

「你真好，」博士嘆道，「我非常想這麼做。但是不行、不行、不行，不可能；我不敢。不過說真的，厄特森，我非常高興看到你，看到你真開心。我很想邀請你和恩菲爾德先生上來，但是這個地方實在不太合適。」

厄特森好心地說：「既然這樣，我們就站在下面這裡跟你說說話。」

博士帶著微笑回答：「我正想這麼提議。」可是他的話還沒說完，臉上的微笑就被極度恐懼和絕望的表情驅散，讓站在窗戶底下兩位紳士的血液幾乎要凝固。他們只瞥到那個微笑一眼，因為窗戶很快就關上了，但那一眼已經綽綽有餘。他們轉身，不發一語地離開庭院，沉默地穿過那條巷道。一直走到即使在星期天也還算有生氣的大街時，厄特森先生才終於轉身看他的同伴。兩人都臉色發白，眼裡的恐懼道盡一切。

「願神原諒我們，願神原諒我們，」厄特森先生說。

但恩菲爾德先生只是極為嚴肅地點點頭，然後便繼續沉默不語地往前走。

第八章
最後一夜

某天晚上，厄特森先生坐在火爐邊時，傑奇博士的管家普爾突然來訪，這讓他非常吃驚。

「天哪，普爾，你怎麼來了？」他驚呼。看到普爾的樣子之後，他接著問：「你有什麼心事？博士生病了嗎？」

「厄特森先生，」普爾回答，「事情不好了。」

「先坐下，這杯酒給你。」厄特森說。「現在慢慢說，清楚地告訴我發生了什麼事。」

「先生，您知道博士的狀況，」普爾回答，「也知道他把自己封閉起來。呃，他現在又把自己關在房間裡了；我不喜歡這樣，先生，如果我會喜歡，我就該死了。我很害怕，先生。」

「慢點，好管家，」厄特森說，「講明白一點。你在怕什麼？」

「我已經怕了一個星期，」普爾回答，堅決不理會厄特森律師的問題。「我再也受不了了。」

普爾的樣子已經說明了一切，表現出來的態度顯示他已經做好最壞的打算。除了剛剛第一次吐露恐懼之外，接下來他就完全沒有正眼看著律師的臉。即使現在，他坐在那裡，膝上的酒還是完全沒碰，眼睛仍然盯著地板的一角。「我再也受不了了。」他又說了一次。

「別急，」厄特森說，「我相信你一定有充分的理由，我看得出來大事不妙。告訴我是什麼事情。」

「我覺得有陰謀。」普爾嘶啞地說。

「陰謀！」厄特森大叫。這一驚非同小可，普爾的想法幾乎讓厄特森激動起來。「什麼陰謀？你是什麼意思？」

「我不敢說，先生，」普爾回答，「但不知道您願不願意跟我一起來，自己親眼看看？」

厄特森先生唯一的回答就是立即起身，戴上帽子、穿上大衣。普爾的表情明顯是大大鬆了一口氣，他究竟是有多害怕？厄特森見狀不禁感到狐疑；同樣讓他不解的是，這位普爾管家放下酒杯站起來時，杯裡的酒仍是滿滿一杯，未曾沾口。

三月的寒冷夜晚，風胡亂吹著，正符合這個季節該有的天氣，蒼白的月亮躺在夜空中，彷彿被風吹歪了一樣，像一截最透光的細麻布。風讓人們的交談變得十分困難，血液直衝上臉。此外，街道上的行人似乎也被風掃蕩得比平常更少；厄特森先生好像從來沒看過倫敦這一區這麼荒涼。他原本希望看到的街景和眼前的大不相同，他從來不曾這麼強烈渴望能看到或遇到其他人。雖然也許他還在掙扎，但其實心裡是非常肯定即將有大災難出現。當他們到達廣場時，狂風在廣場上吹起漫天沙塵，院子裡細瘦的樹正在圍欄上不斷抽打自己的身體。普爾一路上都保持在厄特森律師前面一到兩步的距離。他走到人行道中央，不顧狂風呼嘯橫掃，直接把帽子摘了下來，拿出一條紅色手帕擦拭額頭。因為此刻的他恐懼又慌亂，他拭去的並不是這一路奔波的辛勞，而是想拭去重重苦惱，但他只能勉強抹去表層的煩亂。他的臉色蒼白，開口說話時聲音嘶啞破碎。

「呃，先生，」他說：「我們到了。願神保佑一切平安。」

「阿門，普爾。」

普爾管家隨即以非常戒備的神色敲了門。不過門開了，門鍊沒有卸下，有個聲音從屋內問道：「是你嗎，普爾？」

「沒錯，」普爾說：「開門吧。」當他們進入大廳時，廳內燈火通明，火爐裡大火正旺。所有男女僕役都站在火爐邊，擠成一團，像受驚的羊群。一看到厄特森先生，女傭發出歇斯底里的啜泣，廚子跑上前彷彿要把厄特森抱進懷裡，大叫著：「老天保佑！厄特森先生來了！」

「幹嘛，幹嘛？你們都在這裡做什麼？」厄特森律師暴躁地說，「太沒規矩了，太不像話了，你們主人肯定會非常不高興。」

「他們都很害怕。」普爾說。

一片死寂的沉默，沒有人反駁普爾的話。只有女傭現在提高了嗓門，放聲大哭。

「閉嘴！」普爾對她說，粗魯的音調洩漏了他自己繃緊的神經。確實，當女傭突然放聲悲泣時，其他僕役都臉帶著恐懼，轉向裡面的門。管家接著對打雜的小廝說：「去，拿一根蠟燭給我，我們立刻著手解決這件事。」然後由他帶路，請厄特森先生跟著他走到後院。

他說：「現在，先生，請您盡量保持肅靜。我希望您仔細聽，可是不希望您被聽見。還有，先生，萬一他請你進去，千萬別進去。」

這個意料之外的最終局面，讓厄特森先生的神經突地一跳，幾乎差點害他失去平衡。但是他重新鼓起勇氣，跟著管家走進實驗室所在的屋子，穿過滿地都是條板箱和瓶子的階梯教室，來到樓梯底端。在這裡，普爾示意他站到旁邊聽，自己則放下蠟燭，非常明顯地提振了自己的決心之後，走上台階，略帶遲疑地敲了敲覆著紅色毛呢的門。

「先生，厄特森先生想要見您，」他通報裡面的人。在他說話時，他再度用力揮手示意律師仔細聽。

屋裡傳來的聲音語帶抱怨，回答道：「告訴他我不能見任何人。」

「謝謝您，先生。」普爾說，聲音裡彷彿帶著比賽勝利的音調。他拿起蠟燭，帶著厄特森先生回頭穿過院子，來到廚房。廚房裡的火已經熄了，甲蟲在地板上亂跳。

「先生，」他直視著厄特森先生的眼睛說，「那是我主人的聲音嗎？」

「聲音似乎變了很多。」律師回答，臉色刷白，但仍然正視著普爾。

「變了？嗯，沒錯，我也這麼覺得，」管家說：「我在這個家裡待了二十年，難道我會認不出他的聲音嗎？不，先生，我的主人已經被解決掉了，八天前就被解決掉了，當時我們都聽到他呼天喊地。而那裡面假裝成他的是誰？或是那個東西為何留在裡面？這才是我們該呼天喊地的事情，厄特森先生！」

「你的說法非常奇怪，普爾；甚至可以說是異想天開啊，普爾老兄，」厄特森先生咬著手指說，「假設事情確實如你所臆測的，假設傑奇博士已經被，嗯，謀殺了，兇手為什麼要留下來？這樣一定會東窗事發，根本沒有道理。」

「呃，厄特森先生，要說服您還真不容易，但我還沒說完。」普爾說，「上星期整整一週，您可以料想得到，那個人，或是那個東西，反正不管房間裡現在住著的是什麼東西，一直沒日沒夜地哭嚎著要某一種藥，但一直都沒有獲得滿足。有時候他會——我指的是主人——把命令寫在紙條上，然後丟在台階上。過去一週，什麼東西都沒有出現，就只有紙條，還有關著的門；而且留在門外的餐點，等沒人看見的時候才會被偷偷拿進房內。嗯，先生，每天、甚至一天有兩、三次，我會收到主人的命令或抱怨，差遣我到城裡每一家藥劑批發店去。每次我把東西買回來，就會有另一張紙條叫我把東西退回去，因為東西不純，然後又來一張紙條叫我去另一家店。不管這個藥是為了什麼目的，先生，裡面的人非常想得到它，想得心急如焚。」

厄特森先生問：「你還留著那些紙條嗎？」

普爾摸摸口袋，拿出一張皺巴巴的紙條；律師彎身靠近蠟燭，仔細檢查。紙條的內容是這樣：「傑奇博士向莫氏藥局致意。本人向貴寶號保證，貴寶號上一批產品成分不純，無助於本人之目的。一八某某年間，本人曾自莫氏藥局購入相當數量之產品。在此懇請貴寶號仔細檢查，若相同品質之產品尚有剩餘，不論價格，本人照單全收，請立即送至寒舍。此事對本人具有莫大重要性。」紙條上的字跡到這裡都相當整齊，可是接著墨水突然濺開，洩漏了寫信者的情緒。「看在上帝的份上，」他寫道，「給我找出那種舊產品。」

「這紙條真奇怪。」厄特森先生說，接著他尖銳地問：「你怎麼打開來看了？」

「莫氏藥局的人火大著呢，先生，他把便條紙當垃圾一樣丟給我。」普爾回答。

「這確實是博士的筆跡吧，你能不能確定？」律師繼續問。

「我覺得看起來很像，」管家帶著惱怒說，然後聲音一變，「但是筆跡有什麼了不起的？我有看到他！」他說。

「看到他？」厄特森先生說，「結果呢？」

「沒錯！」普爾說，「是這樣的，我從院子走到階梯教室；他似乎溜出來找藥，或是不管什麼東西，因此房間的門開著，他在教室另一端的條板箱中翻找。我進去的時候他正好抬起頭，看見我突然出現，發出類似尖叫的聲音，接著猛然爬上樓梯躲進房間。我只看到他一分鐘，但就夠我頭皮發麻了。先生，如果那是我的主人，為什麼他要遮住臉？如果那是我的主人，為什麼他看到我會像老鼠一樣尖叫、逃跑？我已經服侍他這麼久了，然後……」管家停下來，用手遮住臉。

「真是奇怪，」厄特森先生說，「但是我想我漸漸有點頭緒了。普爾，你的主人顯然染上了某種疾病，讓他受盡折磨、外貌扭曲。據我推斷，他的聲音因此也改變了，所以他躲起來，避不見人，才會急著要找到這種解藥，因為他仍然存著終究能復元的渺茫希望——老天保佑他的希望不要落空！這就是我的解釋，普爾。雖然整件事讓人傷心，噢，而且一想到就令人害怕，但是實情簡單明瞭，細節前後連貫，我們不必太過擔心。」

「先生，」管家說，臉上呈現某種斑駁的蒼白。「實情是，那個東西不是我的主人。我的主人，」他看看四周，開始改用耳語說話：「是個高大、體格強健的人；那個東西比較像侏儒。」厄特森想辯駁，但是普爾嘆了一口氣說：「噢，先生，你認為以我在這裡二十年的資歷，我會不了解主人嗎？我這輩子每天早上都在房裡見到他，我會不知道他睡在床上，頭朝著房門的哪個方向嗎？不可能的，先生，那個遮著臉的東西絕不是傑奇博士——天知道那是什麼東西，但絕不是傑奇博士。我確信博士一定被殺了。」

「普爾，」律師回答，「如果你這麼說，那確認實情就變成我的責任了。我非常不願意忤逆你主人的意願，而且這張紙條似乎證明了博士仍然還活著，我實在不知道他是怎麼了。但我仍然認為，我應該破門而入。」

「啊，厄特森先生！這才像句話嘛！」管家叫道。

「所以第二個問題來了，」律師接著說，「誰要動手？」

「當然是我跟你，先生。」管家大無畏地回答。

「非常好，」律師說，「不管跑出來的是什麼東西，我都會確保你不會受到傷害。」

「階梯教室裡有一把斧頭，」普爾繼續說，「您也許可以拿廚房裡的火鉗。」

律師把那支粗糙沉重的工具拿在手上，掂一掂它的重量。「普爾，你知不知道，我們等會可能讓自己身陷險境？」

「是可以這麼說，先生，確實如此。」管家回答。

「那麼，我們最好再坦白一點說好了，」律師說，「我們想的都比說出來的多——一次講清楚好了，那個遮著臉的身影，是你認識的人嗎？」

「呃，先生，它跑得很快，而且身體又彎得很低，我不敢保證說我認識它。」管家回答，「但如果您的意思是，它是海德先生嗎？啊，是啊，我認為如此！您知道，它的身高跟海德先生差不多，移動的方式也一樣迅速、敏捷；再說，還有誰可以從實驗室的門進去？先生，您還記得丹佛斯．卡魯爵士遭殺害時，他身上還帶著鑰匙嗎？但是不只這樣。我不知道，厄特森先生，您見過這個海德先生嗎？」

「見過，」律師說，「我還跟他說過一次話。」

「那您一定跟我們其他人一樣，知道這位先生有某種古怪、某種特質——看到他，會覺得自己的背脊發涼，直冒冷汗；除此之外我想不出更好的形容方式了，先生。」

「我承認我也有這種感覺。」厄特森先生說。

「就是這樣，先生，」普爾回答，「嗯，當那個遮著臉的東西像猴子一樣從化學藥劑間跳起來、匆匆跑回房裡時，我就覺得我的背脊像冰一樣發寒。噢，我知道這算不上證據，厄特森先生，我算是讀過不少書，這點知識我還懂。但是我可以感覺得到，我可以向您、向神保證，那個東西就是海德先生！」

「對，對，」律師說：「恐怕我的結論也跟你一樣，我擔憂邪惡之事就是由此而起，邪惡的罪行是一定會出現。是的，沒錯，我相信你，我相信可憐的亨利已經被殺，我相信兇手仍然潛伏在他房間裡；至於目的為何，只有天知道。唉，我們以復仇的理由展開行動。叫布瑞蕭過來。」

被點名的僕人奉召而來，臉色非常蒼白、緊張。

「振作一點，布瑞蕭，」律師說：「我知道你們所有人都有疑慮，但現在我們決定一口氣終結。普爾跟我要強行破門而入。如果一切順利，我有把握承擔所有外界指責。同時，為了避免有任何閃失，或是任何不良份子企圖從後面逃跑，你和打雜小廝必須拿著結實的棍子，繞過轉角，守在實驗室門口。給你十分鐘就位。」

布瑞蕭走了之後，律師看了看錶說：「現在，普爾，換我們就位了。」他把火鉗挾在腋下，率先走進院子。薄霧籠罩月亮，光線變得相當黯淡。風斷斷續續地吹進這棟建築裡深黝的天井，把蠟燭吹得搖曳不定，伴隨著他們的腳步前搖後擺。他們走到教室裡，坐下來靜默地等待。倫敦在他們四周發出莊嚴的低吟聲；只有房間裡來來回回的腳步聲，打破周遭的沉寂。

普爾用氣音說：「它會像這樣走一整天，先生；對，連大半夜的都是這樣。只有在藥局送來新產品時，腳步聲會停一會兒。唉，只有心虛的人才會這麼坐立難安！啊，先生，它每一步都帶著邪惡的血跡啊！但請您再仔細聽，靠近一點用心聽，厄特森先生。告訴我，那是博士的腳步聲嗎？」

腳步輕快、古怪，帶著某種韻律，十分徐緩，確實不像亨利．傑奇沉重、吱咯響的腳步。厄特森嘆氣之後又問：「還有沒有其他的狀況？」

普爾點頭，說：「有一次，我聽到它在哭！」

「哭？怎麼哭？」律師說，感到恐懼突如其來，讓他起了一陣寒顫。

「哭得像個女人，或是迷失的靈魂。」管家說，「我離開時心裡都是那個哭聲，讓我也想跟著哭。」

不過現在十分鐘已經到了。普爾從一堆裝箱填充用的稻草底下，挖出一把斧頭；蠟燭放在最靠近的桌上，好在進攻時有足夠的光線。

他們靠近房門，屏住呼吸，而那有耐性的腳步仍然在寂靜的夜裡，來來回回、來來回回不斷踱步。

「傑奇，」律師提高嗓門大喊，「我一定要見你。」他停了一會兒，但房裡沒有回應。「我鄭重警告你，我們已經起疑；我必須、一定要見到你，」他繼續說：「如果用正常的方法做不到，只好用非常手段；如果你不允許，我只好強行進門了！」

「厄特森，」房裡的聲音說，「看在老天的份上，發發慈悲！」

「啊，那不是傑奇的聲音——是海德！」厄特森高喊，「撞開門，普爾！」

普爾高舉斧頭揮下。這一擊撼動了整棟建築，紅色毛呢的門幾乎要從門鎖和門鍊上震脫。房裡傳出淒厲的尖叫，彷彿是出自純粹原始的恐懼。斧頭再次揮下，門板碎裂、門框彈起。這扇門的木頭非常堅硬、製作精良，經過四次撞擊後，第五下門鎖才斷裂，門板的碎片落到房內的地毯上。

破門者震懾於自己製造的混亂與隨之而來的寂靜，反而往後退開，向房內窺視。他們眼前的房間在寧靜的燈光中，溫暖的火光在爐子裡閃爍、跳動，茶壺發出尖細的笛音。一、兩個抽屜開著，紙張整齊地放在書桌上；靠近火爐的那一頭，放著喝茶用的器具。除了裝滿化學藥品的玻璃櫥櫃之外，你完全會認為，這個安靜的房間，是今夜倫敦最平常不過的地方。

房間正中央的地上，有一具男性的軀體，還在痛苦地扭曲、抽搐。他們踮著腳靠近，把那具軀體翻過來，看到愛德華·海德的臉。他身上穿著對他而言尺寸過大、只適合博士高大身材的衣服；臉上的肌肉仍然因為餘息尚存而在顫動，但是這最後一絲氣息也即將消逝。

從屍體手上破掉的藥瓶、以及空氣中強烈的果仁味，厄特森知道眼前是一具自殺身亡者的軀體。

「我們來得太晚了，」他嚴厲地說，「不管是要拯救或是懲罰誰，都已經太遲了。海德已經自食惡果。剩下要做的就是找到你主人的屍體。」

教室占掉這棟建築絕大部分的空間，一樓幾乎整個都是教室，光線從上方投射下來。房間也占了一部分空間，使建築的一端多了一層樓，往下俯視院子。一道走廊連接教室和外面那條巷道上的後門，房間也有另一道獨立的樓梯連接到這個門。除此之外，還有幾個黑暗的小密室，以及一個很大的地窖。他們徹底檢查這些地方。每個密室都只需要看一眼就夠了，因為裡面都是空的；而且從門上飄落的灰塵判斷，這些地方已經很久沒人進出了。地窖裡則堆滿了雜七雜八的東西，大部分都是之前的那位外科醫生留下來的。可是他們才把門打開，就落下厚厚一層形狀完美的蜘蛛網，他們知道這裡也已經多年無人使用，就算進一步搜索也是徒勞無功。整棟建築從裡到外、從上到下，不論死活，都沒有亨利．傑奇的蹤跡。

普爾踩著走廊的石板，仔細聽著聲音，說：「他一定被埋在這裡。」

「或是已經逃走了。」厄特森說，接著他轉身去檢查外面巷道上的那扇後門。門是鎖著的，他們在旁邊的石板上找到已經鏽跡斑斑的鑰匙。

「看起來不像是還可以用的鑰匙。」律師觀察後說。

「可以用？」普爾回應：「先生，它已經壞了，您沒有看到嗎？很像是有人踩壞的。」

「是的，」厄特森繼續說，「鑰匙碎裂的部分都已經生鏽了。」與普爾謹慎地對視後，律師說：「我實在想不透怎麼回事，普爾。我們回房間那邊好了。」

他們沉默不語地爬上樓梯，繼續更加徹底地檢查房間內部，偶爾還是會對地上那具死屍投以驚駭的一瞥。某張桌子上有做過化學實驗的痕跡，桌上有好幾只玻璃淺碟，裡面放著量好的白色晶狀物，不快樂的房間主人似乎還沒有機會進行某個實驗。

「我一直拿來給他的就是這種藥粉，」普爾說。在他說話時，茶壺水開了，嘶嘶作響。

兩人聽到之後，都走到火爐邊。安樂椅舒適地擺放著，喝茶的器具已備妥放在手肘邊的位置，糖已經放在杯裡了。書架上有幾本書，放在茶具邊的一本書已經打開。傑奇曾多次表示非常推崇這本書；但是厄特森卻驚異地發現，這本書上滿是驚人、褻瀆的註記，字跡都是傑奇博士的。

在檢查房間時，這兩個搜索者依循房間的動線來到穿衣鏡前，看著鏡子時，兩人都不由自主地感到害怕。但是鏡子面對的角度讓他們只看得到天花板上反射燭光的玫瑰色光芒在跳動，火焰在櫥櫃的玻璃門上閃耀、散成上百朵，以及他們自己蒼白、恐懼、向下俯視穿衣鏡的臉。

「這面鏡子見識過奇怪的事情，先生。」普爾低聲說。

「肯定不會比鏡子本身奇怪，」律師也低聲回應：「傑奇為什麼……」他感到自己因為接下來要用的字眼而嚇了一跳，不過很快就克服了自己的軟弱。「傑奇為什麼需要它？」

「就是說啊！」普爾說。接著他們轉向書桌。書桌上擺著整整齊齊的紙張，最上面是一個大信封，上面有博士的字跡，寫的是厄特森先生的名字。律師把信封一拆開，好幾份附件便落到地板上。第一份是遺囑，上面的條件，跟他六個月前還給傑奇博士的那份遺囑一樣古怪，裡頭聲明如果博士死亡、或是消失，其財產將以贈予方式處理，但是在原本寫著愛德華．海德名字的位置，律師難以置信地發現，現在寫的是加百列．約翰．厄特森。他看看普爾，又看看文件，最後看向癱在地毯上、氣絕身亡的惡棍屍體。

「我真不明白。」他說：「他這些天來一直在掌控大局。他不可能喜歡我，看到我在遺囑上取代了他，一定很生氣，但是他卻沒有銷毀這些文件。」

他接著看下一頁。這是一份簡短的便籤，文件上是博士的筆跡，日期寫在最上面。

「噢，普爾！」律師高叫，「他一直到今天都還活著。這麼小的空間沒有地方可以棄屍，他一定還活著，他一定是逃走了！可是，為什麼要逃走？怎麼逃呢？在這種狀況下，我們可以宣稱是自殺嗎？噢，我們必須很小心，不然的話，可能會害你的主人惹上嚴重的大麻煩。」

「先生，您何不讀讀那份文件？」普爾問。

「因為我害怕，」律師莊重地回答：「老天保佑，希望我這是庸人自擾！」他把文件拿到眼前，讀出以下的文字：

我親愛的厄特森，當你拿到這封信時，我應該已經消失；至於為何消失，我本人是無法預知情勢會如何發展。但是憑我的直覺，以及我現在隱姓埋名的情況，我知道大局已定，一切很快就會結束了。接下來，請先讀讀藍尼恩的記錄，他警告過我，他會把記錄放在你那裡。如果你還想知道更多，那就去看我的自白。

你一文不值、鬱鬱寡歡的朋友　亨利・傑奇

「有第三份附件嗎？」厄特森問。

「在這兒，先生。」普爾說，遞給他一個相當大的包裹，上面有好幾處封口。

律師把包裹放進他的口袋。「我不會透露文件的內容。如果你的主人已經逃走或死亡，我們至少還可以捍衛他的聲譽。現在已經十點了，我必須回家安靜地閱讀這些文件，但我會在午夜之前回來，然後再叫警察。」

他們走出房間，鎖上身後教室的門。厄特森再次離開聚集在大廳火爐邊的僕人，長途跋涉地回到自己的辦公室，準備讀那兩份可以解開謎底的文字記錄。

第九章

藍尼恩醫生的記錄

一月九日，也就是四天前，晚間信差送來了一封掛號信，信上是亨利・傑奇的筆跡；他是我的同事兼同窗老友。這封信嚇了我一跳，因為我們沒有通信的習慣，而且我前一天晚上才和他見過面、吃過飯。我想不出我們之間有什麼事情需要他如此慎重地用掛號信通知我。而信件的內容使我更加疑慮。信是這樣寫的：

一八某某年十二月十日

親愛的藍尼恩，你是我相識已久的知交，雖然我們有時在科學問題上意見不合，但至少就我記憶所及，我們的友誼不曾破裂。隨便哪一天，只要你對我說：「傑奇，我的生命、榮譽、理智，都仰賴你了。」我一定願意兩肋插刀協助你。藍尼恩，我的生命、榮譽和理智，現在也都仰賴你了。如果今晚你不願意對我伸出援手，我將一無所有。讀到這裡可能你會以為，我提出的請求將有損你的名聲。這就要請你自己判斷吧。

我要你延後今晚所有的約會——啊，即使你已經受召要去陪侍某位君王，也請你另擇他日再去。如果你的馬車正好停在你家門口，請乘馬車，不然就租一輛也行，直接到我家，帶著這封信以備不時之需。我已經命令管家普爾帶著鎖匠等你到達。請撬開我的房門，然後你一個人進去，打開左邊、上面標明字母E的玻璃櫥櫃；如果它鎖著，就把它撬開。然後把上面數下來第四個抽屜，或下面數上來第三個抽屜（就是同一個），原封不動地拿出來，不要動裡面的東西。我現在心情極度沮喪，十分害怕會誤導你；但是即使我錯了，你仍然可以從內容物判斷你拿出來的抽屜是否正確：抽屜裡有一些藥粉、一只藥瓶和一本筆記本。請你把這個抽屜原封不動地帶回你在卡文迪西廣場的住處。

這是前半部分，接下來我要說明後半部分。如果你在收到這封信之後立刻出發，回到家時，應該離午夜還有一段很長的時間。可是我認為有必要預留這段時間，不僅因為害怕有突如其來、難以預料的阻礙出現，也因為我希望下一步要等你的僕人都已經熟睡後，再開始進行。到了午夜，請你獨自一人留在診療室，親自讓一位自稱是我派去的人進入屋內，然後把抽屜交給他。這樣你就完成了任務，我會由衷感激你。如果你堅持要知道來龍去脈，五分鐘之後你就會了解，這些安排都極為重要。你一定覺得這些步驟聽起來不可思議，但是忽略其中任何一步，可能就會讓你因為我的死亡或發瘋而感到良心不安了。

我相信你不會對這個請求等閒視之，但只要一想到有這種可能性，就讓我情緒低落、雙手顫抖。你想想看，我此刻正在一個陌生的地方，在絕望的黑牢飽受煎熬，情況之慘超乎想像。但我知道，只要你忠實地依照我的指示去做，我的煩惱就會像傳聞一樣消逝。幫助我，親愛的藍尼恩，救救我。

你的朋友亨利・傑奇

附註：我已經封好信後，新的恐懼又向我的靈魂襲來。郵局不一定會如我所願準時送達，這封信可能到明天早上才會到你手裡。如果這樣的話，親愛的藍尼恩，請在當天依你最方便的時間，替我完成任務，並在午夜時接待我的差使。到那時可能已經太遲了。如果當天夜裡什麼事都沒發生，就表示你已經見了亨利・傑奇最後一面。

我一邊讀信一邊想確認傑奇是不是瘋了。但在確實查明這一點之前，仍然應該要依照他的指示行事。我不太了解這混亂的情況是怎麼回事，因此難以判斷其重要性；而且他用這種筆調提出的請求，如果放任不管，後果可能會不堪設想。因此我從桌邊起身，招了一輛小馬車直奔傑奇家。管家正在等我。他也從郵局那裡收到一封掛號信，並且立刻依照信中指示去找了鎖匠和木匠。我和管家話都還沒講完，兩位師傅就已經到了。我們四人一起走進外科醫生的階梯教室，想必你早就知道，從這裡最容易進入傑奇博士的私人房間。房門非常結實，掛著上好的鎖。木匠說，如果要強行破門而入，得花很大的力氣，會造成許多毀損。鎖匠則幾乎快無計可施了。但幸好這位鎖匠十分手巧，因此兩個小時之後，我們終於可以開門進屋。標著E的櫥櫃沒有上鎖。我把抽屜拿出來，在裡面塞滿稻草，用紙包好，然後帶回卡文迪西廣場。

到家後，我開始檢查抽屜裡的東西。藥粉放得很整齊，但又不像藥劑師那麼井井有條，因此顯然這是傑奇自己擺放的。我打開其中一個紙包，裡面的白色晶體看起來和鹽一樣。下一樣東西是藥瓶。裡面有半瓶跟血一樣紅的液體，聞起來非常辛辣刺鼻，我覺得可能含有磷以及容易揮發的乙醚；其他成份我就猜不出來。那本書就是普通的筆記本，裡面除了一連串日期之外什麼都沒有。日期橫跨好幾年的時間，但我注意到將近一年前，記錄忽然中斷了。某些日期後面會有簡短的註記，通常不超過三、四個字：在幾百條記錄中，「加倍」大約出現了六次；很早期的記錄中則一度出現「完全失敗！！！」，後面跟著好幾個驚嘆號。這一切雖然讓我十分好奇，卻沒有提供任何確切的解釋。一只裝著酊劑的藥瓶、一張包著某種鹽類結晶的紙，還有一份記錄，上面是一連串沒有發展出任何實際用途的實驗記錄——傑奇的實驗向來如此。異想天開的傑奇，他的榮譽、理智或生命，怎麼會受到我面前這些東西的影響呢？如果他的差使可以來我這裡，為什麼不直接去他家？甚至還要大費周章，讓我祕密接待這位先生？我愈想就愈確定我面對的是某種腦部的疾病。打發僕人就寢後，我拿出一把舊的左輪手槍裝上子彈，以防情勢失控時，我可能必須自衛。

門環撞在門上發出輕柔的聲響，這時十二點的鐘聲還在城裡餘音繚繞。我親自去應門，發現一個矮小的男人蹲靠在門廊的柱子上。

我問：「您是從傑奇博士那兒來的嗎？」

他很不情願地擺了擺手，告訴我「是的」。當我請他進屋時，他先往身後搜索似地看了看黑暗的廣場——不遠處有位警察，正提著巡夜燈往前走。我覺得這位訪客在看到警察之後，動作開始變得緊張，加快了速度。

我承認這些離奇的事情讓我既驚訝又不快。當我跟著訪客走到診療室明亮的燈光中時，我一直都把手放在手槍上。現在，我終於有機會好好看清他了。我肯定沒見這個人。除了剛剛提到的身材矮小之外，他臉上的表情很嚇人，肌肉強健，充滿活力，可是身體構造卻明顯萎縮，兩者綜合在一起實在很不可思議，還有靠近他時，會令人產生的古怪、不由自主的不安感，更讓我十分驚異。那感覺類似屍體逐漸僵化，伴隨明顯的脈搏減弱。當時我把這種感覺歸咎於某種特定、個人的厭惡，只是因為程度太過強烈而很怪異。但後來我認為，真正的原因存在於人性中更深層的部分，人性中較為高尚的那個部分才是關鍵所在，而非仇恨。

這位差使從進門到現在，只引起我某種病態的好奇心。他的穿著方式如果放在另一個普通人身上，一定十分可笑。他身上所謂的衣服，雖然都是昂貴素淨的衣料，可是對他而言全都大得出奇：褲子要捲起來掛在腿上才不致於拖地，大衣的腰身落在屁股以下，領口大開到肩膀。奇怪的是，我看到這身滑稽的衣著，卻完全笑不出來——正好相反，眼前的生物，帶有某種異常、不正當的本質，使人迷惑、驚訝、憎惡；這種少見的衝突似乎正是為了配合、甚至加強了衣服的效果。所以我除了想知道這人的性情、人格特質，也對他的來歷、生活、際遇，以及在社會上的地位十分感興趣。

這些觀察雖然花了不少筆墨才寫完，但實際上只耗費短短幾秒鐘。我的訪客顯然心急如焚，清醒而亢奮。

「你拿到了嗎？」他叫著，「你拿到了嗎？」他的不耐煩顯而易見，甚至把手放到我的手臂上，企圖搖動我。

我甩脫他，感到他的觸摸就像刺骨的痛楚順著我的血液流竄。「等等，先生，」我說，「您忘記我們還沒有互相認識呢。這邊請坐。」我先示範給他看，要怎麼坐在病人慣用的椅子上，然後盡量裝出平常面對病人時的態度；時間已晚，我又心事重重，加上對訪客的畏懼，使我不得不打起精神來應付。

「非常抱歉，藍尼恩醫生，」他相當斯文地回應，「您說的很有道理，我太性急了，讓我忘了禮數。您的朋友亨利．傑奇博士請我來這裡處理一件重要的事情。據我了解……」他停下來，把手放在喉嚨上；即使他力圖鎮定，我還是看得出來他正在極力避免自己過度歇斯底里。「據我了解，有一個抽屜……」

看到訪客那麼坐立不安，我開始同情起來，另外我也很好奇會發生什麼事。「在這裡，先生，」我說，把抽屜指給他看。它被擱在桌子後面的地板上，上面還蓋著紙。

他奔向抽屜，然後停下來，把手放在心口。我可以聽見他的牙齒因為下巴的抽搐而磨擦，臉色變得十分駭人，讓人不忍卒睹，使我不禁替他的性命和神智擔憂。

「您鎮定一點。」我說

他回給我一個可怕的微笑，接著以壯士斷腕般的氣勢，扯掉那張紙。一看到裡頭的東西，他便發出響亮的抽泣，彷彿心中大石落地，把我嚇得僵坐在椅子上。下一刻，他用已經控制得宜的聲音問：「您有量杯嗎？」

我費了一點力氣才從椅子上起身，把量杯拿給他。

他微笑著點頭謝過我，然後量出微量的紅色藥劑，再加上一點藥粉。混合後的藥劑一開始帶著偏紅的色澤，接著隨著晶體逐漸溶化，顏色也逐漸變得更艷麗，咕嚕咕嚕地起泡，產生一小股煙霧。忽然間，液體停止沸騰，轉為深紫色，再慢慢地褪成稀薄的綠色。我的訪客一直用熱切的眼神看著這些變化。他微笑著把量杯放在桌上，然後轉身以審視的神情看著我。

「現在，」他說，「我們來處理剩下的事情。你有足夠的智慧嗎？你願意接受指引嗎？你願意讓我不必解釋什麼，就拿著這個量杯離開你家嗎？或是過度旺盛的好奇心已經牢牢控制了你？回答之前先想清楚，因為這件事將會按照著你的決定發展。這個決定可能不會對你有什麼影響，你不會變得更富有或更聰明；除非把這當成是為一個陷入生死關頭痛苦中的人所做的服務，也許還可以算得上是一種靈魂上的富足。或是，你也可以選擇踏上知識的新國度、通往名氣與權力的新大道。在這裡，就在這個房間裡，此刻你就可以親眼見證，你的視野將會受到奇蹟的啟發，摧毀撒旦的多疑。」

「先生，」我開口，態度裝得超乎實際的冷靜，「您在跟我打啞謎，也許您可以理解，為什麼我並不完全相信您所說的話。但是我在這莫名其妙的任務中已經涉入過深，沒有看到結局我是不會罷休的。」

「好吧，」我的訪客回答，「藍尼恩，記住，你必須發誓：接下來的事情必須以我們的職業道德保密。現在，你們這些人看好了——你們長久以來受制於最狹隘的物質觀點、否定超自然力量的功效、嘲弄更優越的智者——你們給我看好了！」

他把量杯舉到嘴邊，一口喝下藥劑。他發出尖叫，開始蜷曲、蹣跚，緊抓住桌子以支撐身體，瞪著凸出的眼睛，張嘴喘氣。我邊看邊覺得他開始發生某種變化，似乎開始膨脹，臉突然變成黑色，容貌開始分解、變形——下一刻，我猛地跳起來，向後躍到牆邊，手臂舉起擋住我眼前難以置信的景象，因為太過令人恐懼了。

「噢，天哪！」我尖叫，不斷地重複，「噢，天哪！」在我眼前，是個蒼白、顫抖、半昏半醒的人，雙手四處摸索，彷彿剛從死亡中復活重生——是亨利·傑奇！

接下來一個小時中他告訴我的事情，我沒辦法記起來寫在紙上。眼見為憑、耳聞為信，而我的靈魂厭惡我所見聞的東西。當時的景象已經消失，而當我問自己是否相信這一切，卻難以回答。我生命的根基已被動搖，無法入睡，日日夜夜都有最致命的恐懼如影隨形。我感到大限已至，死期不遠，然而我卻必須滿腹懷疑地死去。至於那個人，即使他流著眼淚懺悔自己道德的敗壞，我回想時仍無法擺脫駭人的餘悸。厄特森，不論你相不相信，你只要知道一件事就夠了。傑奇自己向我招認，那天晚上爬進我家的生物，名字叫做海德，現在正因為殺害丹佛斯・卡魯的罪名而遭到全面通緝。

海斯帝・藍尼恩

第十章
亨利・傑奇的完整聲明

我出生於一八某某年，自家族中繼承了龐大的財產，還有傑出的天賦。我的天性勤勉，喜歡周遭眾人中有智者及有仁者對我表達的敬意。因此理所當然，功成名就的未來在等著我。確實，我最糟糕的缺點，就是個性略帶輕浮，對什麼都興致勃勃；這一點雖然帶給人們樂趣，卻也與我急切的慾望格格不入——我想要趾高氣昂，在眾人面前擺出一副極為嚴肅的表情。因此我開始隱藏自己的快樂。當我長大到懂得反省之後，開始觀察我的周遭，評估自己的發展與在這世上的地位，才發現我已經習於生活中根深蒂固的虛偽。我將這種不正常的情況視為罪行，但許多人卻以此自誇。考慮到我未來的目標，我帶著幾近病態的羞愧，將這虛偽隱藏起來。我的志向絕不容許苟且；正是這種天性而非其他缺點的拖累，讓我成為今日的我。與其他大部分人相較，我心中那條劃分善惡的溝渠更深；善與惡，分化、組合成人類的雙重天性。在這種情況下，我忍不住絞盡腦汁地思索生命牢不可破的鐵律；它是宗教的起源，也是人類諸多苦難的源頭之一。雖然我已經習慣了口是心非，但絕不是個偽善者。我的兩個面向都極為真誠。當我拋卻拘束、無視於恥辱為何時，我完全忠於自我；而當我在白天辛勤工作，是為了拓展知識，或撫慰偽裝的心酸與苦痛，我也一樣全心全意。恰巧我研究科學的方向就是神祕與超自然現象，因此對這種人類心靈中常存的爭戰，可以提出有力的解釋。每天，從我的道德人格與智識人格，我穩定地朝真相邁進。然而未臻完美的發現，註定了我的一敗塗地。人不只有一個真實的自我，而是有兩個。我說兩個，是因為就我自身的理解，還沒有超過兩個以上的階段。其他人將跟隨我，在這個研究領域中超越我，而我畏懼研究到最後時將會發現，人只不過可說是一個由多種相異且獨立的居民組成的國家。我是從自己的天性出發，毫無失誤地朝單一的方向前進。我是經由道德的自我、原本的自我，學著認識人類二元天性的全貌。我發現，這兩種天性在我的意識中彼此爭鬥，雖然說我屬於其中一種也沒有錯，但那其實是因為我根本兩者兼備。在我年輕時，在我的科學發現還無法以最粗淺的假設來暗示有這種奇蹟之前，我就已經會愉快地沉醉在我鍾愛的白日夢中，想像這些元素的分裂。我告訴自己，如果可以把每個元素裝在不同的身體中，生活就可以免於許多難以忍受的事情。邪惡的人格可以與遠大的志向分道揚鑣，哀悼它正直的孿生兄弟。而正直的人格可以堅定、安心地踏上它的陽關大道，從行善中獲得樂趣，免於另一個邪惡人格所帶來的羞辱與懺悔。人類的詛咒，就是這些相異的人格，在意識苦難的溫床中，像柴堆一樣被捆在一起。這對南轅北轍的孿生兄弟只能不斷掙扎。那，要怎麼才能將它們分開？

我思考得極為深入，並且從實驗桌上發現另一個觀察的角度。我開始更深入地察覺，我們的身體，這看似堅固的外衣，其實如霧一樣稍縱即逝，只是打著哆嗦的無形之物——相信從未有人想得這麼透徹。我已經發現某些藥劑，可以脫去、扒下血肉的外衣，就像微風一樣可以掀動帳篷的簾幕。基於兩個理由，我不願對自己所揭示的醫學研究支派多作解釋。第一，我一向接受的一個觀念，就是我們永遠必須承擔生命的末日與重擔；如果我們企圖擺脫這種命運，命運只會帶著更陌生、更駭人的壓力回到我們肩上；第二，從我之後的敘述也能發現，因為，唉！這太明顯了，我的發現還不夠完整。我不只要經由靈魂中高尚、光輝的力量，認識我原本的身體，還要設法製作出合成藥劑，將這種力量從高高在上的王座拉下，讓第二種形體和面貌浮現。這樣的改變對我而言一樣自然，因為如此可以呈現出我靈魂中卑劣的部分，看見卑劣的印記。若能成真，則余願足矣！

在將理論付諸實行之前，我猶豫了很長的時間。我很清楚自己會冒著死亡的風險，因為足以控制、撼動身分的藥劑，只要稍微過量、或是調製時間略有不當，就可能毀掉我亟欲改變的軀體。但是如此獨特、深奧的發現對我是極大的誘惑，終於勝過了警訊。我早就備妥了酊劑，還從一家藥品批發商那裡買了大量特定的鹽類。從實驗中，我知道這種鹽類是最後一項必備原料。在一個該死的夜裡，我混合了所有的原料，看著它們在杯裡沸騰、冒煙。沸騰平息後，我鼓起勇氣，喝下藥劑。

最痛苦的煎熬緊接而來：骨頭慘遭磨嚙、致命的噁心感襲來，還有精神上的恐懼，連生命初始與終結的時刻都無法與之匹敵。然後這些痛苦開始迅速消散，我重新掌控自己，如同剛生完一場大病。我的感官意識到某種奇異、新鮮無比、因新奇而帶來的甜美感受。我覺得身體變得更年輕、更輕盈、更快樂，身體裡的自我則感到一股任性的輕率。混亂的感官影像從我的想像中，如同磨坊水道一樣奔流而過，掙脫義務的枷鎖，我感受到一種從未體驗過的自由，但絕不單純，即將釋放我的靈魂。我自己從這新生命吸進第一口氣時，就知道這個自我更為邪惡，比原本的我邪惡十倍，已將原本的我出賣給我最原始的罪惡。而當時，這種想法如同美酒般醉人。我伸出雙手，因為感官的新鮮感受而欣喜若狂。但我伸出手時，突然發現自己的身高縮減了。

當天我的房間裡沒有鏡子。現在在我書桌邊的鏡子，是後來才特地為了這種軀體上的變形而放置的。然而當天，夜晚已經過去大半，可以算是隔天早上了——雖然還非常黑，但是天光已經亮到宣告白晝即將來臨——屋裡的其他人都還在最深沉的夢境中。我因為希望和成就而激動不已，決定冒險以新的形體走到我的臥室。我穿過院子，繁星從天上俯瞰著我；我驚異地想像，天上第一顆星誕生時，並不知道自己將永遠閃耀。我在自己的家裡像個陌生人一般，躡手躡腳穿過走廊，來到自己的房間，首次見到了愛德華・海德的長相。

在此我必須純粹就理論來進行敘述，不是記錄我已知的事實，而是記錄我認為最有可能性的解釋。我天性中邪惡的那一面，現在可以受我操控；這個自我與我剛剛丟棄的自我相比，較不健全、缺乏發展。當然，在我有生之年，畢竟有九成的時間都過著勤懇、高尚、自制的生活，邪惡的自我缺乏發揮施展的空間。所以我認為，愛德華・海德才會比亨利・傑奇矮小、輕盈、年輕。就像亨利・傑奇的臉上有顯而易見的良善，愛德華・海德的臉上也有清清楚楚、明目張膽的邪惡。此外，邪惡——也就是人性中致命的一面——還在軀體上造成變形、萎縮的印記。可是當我看到鏡子裡那醜陋的形象，感受到的不是厭惡，而是歡迎的雀躍之情。這一面，也是我自己；它看起來自然、符合人性。在我眼裡，它甚至更有精神，比我自己習以為常、表裡不一、有缺點的面容更明確，也更獨特。到目前為止我都完全正確。我觀察到，當我以愛德華．海德的形象出現時，靠近我的人，每個在一開始都會明顯地露出不安的神色。我認為，這是因為我們周遭所有的人，都綜合了良善與邪惡；而愛德華．海德，在各形各色的人中，是唯一純粹只有邪惡存在的個體。

我只在鏡子前流連了一會兒；實驗的第二部分、決定性的部分還沒有開始。我還不知道是否可以回復到被拋棄的自我，也不知道是否必須在天亮前逃離這不再屬於我的屋子。我匆匆回到實驗室，再次調製、喝下藥劑，再度經歷溶解般的劇痛，然後再次恢復成亨利．傑奇的人格、身高與臉孔。

當夜，我來到命運的十字路口。如果我當時以更為高尚的精神面對我的發現，以慷慨和虔誠的志向冒著風險進行實驗，那麼結局一定會有所不同。從死而復生的磨難中，出現的會是天使而非惡魔。藥劑沒有分辨的能力，無善惡之別，只是打開了人性牢籠的鐵門，原本關在籠中的就可能伺機逃跑，就像腓立比的囚犯①。當時我的美德陷入沉睡，但我的邪惡卻因為野心而保持警醒，隨時準備掌控大局；邪惡

①腓立比的囚犯（captives of Philippi）：出自新約聖經〈使徒行傳〉第十六章。保羅在馬其頓的腓立比城，被關進監獄。半夜發生大地震，震壞牢門和囚犯的手銬腳鐐。獄卒本以為囚犯皆已逃跑，害怕受到懲罰，正打算自殺時，被保羅制止。保羅對獄卒說：「不要傷害自己，我們都在這裡。」獄卒因此改信基督。

投射而成的形體，就是愛德華・海德。因此，雖然我現在有兩個人格、兩種外貌，一個是全然的邪惡，另一個仍是原本的亨利・傑奇；但我對表裡不一的亨利・傑奇是否能改頭換面，已經喪失信心。局勢由此朝向最壞的情況發展。

即使在當時，我都還沒有戰勝我對枯燥無味的學者生活所感到的厭惡。有時候我仍會感到心情愉悅，但愉悅的心情，說好聽一點，會讓我看起來不夠嚴肅正經；而且我不僅名高望重，還加上年事漸高，讓我愈來愈討厭生活中的表裡不一。就因為如此，我的新力量引誘著我，最後我終於成為其奴隸。我只要喝下藥劑，就可以立刻擺脫名教授的身體，把愛德華・海德的外貌像一件厚重的大衣一樣披在身上。我因為這個念頭而不禁微笑；當時我覺得這個念頭十分滑稽好笑。我非常小心謹慎地做了萬全準備。我買下、佈置索霍區的房子，警察追蹤海德都會查到這裡；我還找了一個我知道口風很緊、毫無道德感的女管家。另一方面，我對僕人宣布，這一位海德先生（我向他們描述這個人）可以自由進出、掌管我這間位於廣場的房子。為了避免意外，我甚至常常以海德的樣子出沒。我的下一步，就是立了你極力反對的那份遺囑，這樣如果我以傑奇博士的身分發生任何閃失，我就可以變身為愛德華・海德，而不會有任何金錢上的損失。我認為，這樣就應該滴水不漏了；我開始利用這種處境所帶來的奇妙豁免權。

人們以前會僱用刺客行兇，好讓自己本人及名譽都完好無損。我是第一個為了自身的樂趣而做這種事的人。我可以在眾人真誠、充滿敬意的眼光中緩步行走；下一刻卻像個學校頑童，扯掉這些借來的假象，一頭奔進自由的海洋中。只要躲在我堅不可摧的掩蔽中，我就安全無虞。試想一下：我甚至根本不存在！只要能逃進實驗室裡，所有的材料都準備好了，我只要幾秒鐘的時間調製、吞下足夠劑量的藥水——不管愛德華．海德之前做了什麼，他會像鏡子上的霧氣一樣消散，取而代之的是靜靜坐在家裡、就著夜燈待在書房、能夠對所有懷疑一笑置之的亨利．傑奇。

我急著要以偽裝來享受的樂趣，如我所言，會讓人名譽掃地；我找不到其他更嚴厲的字眼。但到了愛德華．海德手上，這些樂趣變成野蠻的遊戲。我閒逛回來之後，常常不禁因替身代我而行的罪惡陷入沉思。我從自己的靈魂中召喚出這個妖怪，讓他去享樂、幹盡卑鄙無恥的勾當。他所有的行為、想法，都以自己為中心，如野獸般貪婪地品嚐各種折磨帶來的樂趣，跟石頭一樣冷血無情。亨利．傑奇有時會因為愛德華．海德的行為而瞠目結舌，但是在這種情形下，即使法律也鞭長莫及，所以良心的拘束不知不覺間便鬆綁了。畢竟，犯罪的是海德，只有海德；傑奇完全沒有沉淪。當他再度醒來時，他的良善特質似乎毫無損傷。可能的話，他甚至會急切地修補海德所犯下的罪孽；因此他的良心也休眠了。

我無意深入描述我縱容罪惡發生的事情——即使到現在，我仍然不認為我就是罪魁禍首——而只想指出懲罰逐步接近的預兆，以及後來造成懲罰降臨的事情。我做了一件沒有造成任何後果、不值得一提的事情：我對一個孩子施暴，激怒了某位路人，後來才發現他是你的親戚。醫生和孩子的家人都跟他站在同一陣線，有一度我以為性命不保。最後為了平息他們理直氣壯的怒火，愛德華·海德必須把他們帶到家門口，以亨利·傑奇之名開立支票賠償他們。雖然有被揭穿的風險，但是很容易消除，只要在另一家銀行以愛德華·海德的名字開戶就可以了。當我未加阻攔便把自己的簽名提供給我的分身使用時，以為命運拿我無可奈何。

在丹佛斯・卡魯爵士遭到殺害前兩個月左右，我在另一次冒險之旅後，很晚才回來。隔天醒來時躺在床上，我有一種古怪的感覺。我對自己的周遭視而不見，看不見體面的傢俱、矗立於廣場上的豪宅，認不出床帘的圖案和紅木木框上的花紋。某種東西在抗拒、不願承認我身在此處；我不是在眼前可見的環境中醒來，而似乎是以愛德華・海德的面貌，睡在索霍區的小房間裡。我對自己微笑，心理上懶洋洋地疑惑這種幻覺是從何而來；偶爾，當這種疑問出現時，我就會躺回去，繼續打一個舒適的小盹。我沒有把這件事放在心上，直到某個比較清醒的時刻，我的視線恰好落在自己的手上。如你們常常評論的，亨利・傑奇的手，形狀和大小都顯露出他的專業素養：厚實的大手、皮膚白皙、賞心悅目。但我現在看到的手、放在床單上半張開的手，在倫敦大白天的黃光中被照得清清楚楚：瘦削、筋骨嶙峋、關節突出，顏色灰暗慘白，密密地生著黑黝黝的毛髮。這是愛德華．海德的手。

我一定是盯著自己的手看了將近三十秒，遲鈍又愚蠢地想不出原因；然後恐懼自心中升起，跟鐃鈸的聲響一樣突兀嚇人。我從床上跳起來，奔向鏡子。一看到鏡中的影像，我的血液頓時變得極為稀薄、冰冷。沒錯，我就寢時是亨利．傑奇，醒來時卻是愛德華．海德。這該怎麼解釋？我自問，然後感到另一陣恐懼——怎樣才能恢復？現在已經是大白天，僕人都起床了，但我所有的藥劑都在實驗室裡；這是一條漫漫長路，從現在驚駭不已的我所站之處，要先下兩層樓梯，經過後廊，穿過院子和解剖教室，才會到實驗室。我當然可以遮住臉，但是如果我無法隱藏身高的變化，遮住臉又有什麼用？然後我想起來，僕人已經習慣我以第二個自我在屋裡來來去去；安心所帶來的強烈甜美頓時襲上心頭。我很快穿上原先尺寸的衣服，盡可能地弄整齊，然後迅速穿過屋子；布瑞蕭在這個時候看到海德先生以這種奇怪的打扮出現，只能瞪大了眼睛退開。十分鐘後，傑奇博士恢復原本的相貌，鎖著眉頭坐下來，假裝要吃早餐。

我的胃口極差。這個無法解釋的狀況，顛覆我先前的經驗，就像出現在巴比倫城牆上的手指一樣②，將寫出我最終的審判。我開始以前所未有的認真態度，思索雙重自我的問題和可能性。我有能力召喚出來的自我，最近得到了大量的活動機會和滋養灌溉，我覺得愛德華．海德近來似乎長高了，處於海德的狀態時，血液更為豐厚。我開始意識到某種危險，如果這種情況持續下去，可能會永久扭轉我天性的平衡；依自身意願掌控變身的能力可能會消失，而愛德華．海德的人格將無可逆轉地變成我的人格。藥劑的效力並不是一向都能完全發揮。在實驗階段的早期，藥劑有一度完全失敗。從此以後，我多次被迫使用雙倍的劑量；有一次還冒著喪命的風險，用了三倍的劑量。這些偶爾發生的不確定性，是我後來心滿意足時唯一的陰影。然而現在發生了早上的事情，我必須重新全盤考量。原先最困難的地方，是要擺脫傑奇的身體；而傑奇最近卻漸漸轉變成另一個人格，雖然緩慢，

---

②巴比倫城牆上的手指（Babylonian finger on the wall）：出自舊約聖經〈但以理書〉第五章。巴比倫的伯沙撒王在與大臣、嬪妃飲酒作樂時，忽然有一隻手出現，在牆上寫下無人能懂的文字。伯沙撒王找來猶大人但以理解釋文字。但以理讀出，牆上謎一般的文字揭示了伯沙撒王的下場，他的王國氣數已盡，米底亞人和波斯人將攻陷巴比倫。當夜，米底亞人大流士，取走了伯沙撒王的性命與王國。

但改變是毫無疑問。因此所有的跡象都指向同一件事：我正逐漸失去原本良善的自我，逐漸與第二個邪惡的自我融合。

現在，我覺得自己必須在這兩者之間做出抉擇。兩個人格有共同的記憶，但其他所有的官能並沒有公平分配。傑奇這個綜合體，有時帶著最敏感的擔憂，或是貪婪的熱情，參與、分享海德的冒險與歡愉。但是海德並不在意傑奇，或者想到傑奇時，就像山賊想起山洞一樣，只覺得是個供他躲避追逐的地方。傑奇有超乎父親的關愛，而海德的漠不關心則更勝不孝子女。如果我選擇傑奇，就是要放棄我長期以來偷偷沉迷、甚至最近開始縱容的慾望；選擇海德，就是要放棄龐大的利益和志向，在一瞬間變得永遠遭人唾棄、沒有朋友。這筆買賣似乎並不公平，不過天秤上還要多加一重考慮：傑奇將忍受禁慾痛苦的煎熬，而海德對於他所失去的一切卻完全不會在意。雖然我現在的處境十分怪異，這場論辯的內容也跟人類的歷史一樣古老而常見，一樣充滿誘惑、一樣充滿警訊，替每一個心癢難搔、顫抖不已的罪人拋出命運的骰子。骰子向我揭示的命運，如同大部分人會做的抉擇一樣，就是選擇較為高尚的自我，然後發現自己缺乏力量堅守下去。

是的，我選擇年長、心有不滿的博士，有朋友簇擁、懷抱著誠摯的希望。我堅定地向身為海德時的享受道別：自由、年輕、輕快的腳步、雀躍的脈搏和隱密的快樂，都將不復存在。我做出這個決定時，也許無意識中做了保留，因為我並沒有放棄索霍區的房子，也沒有銷毀愛德華．海德的衣服，現在還好好地放在我的實驗室裡。但是有整整兩個月，我堅持貫徹自己的決心；整整兩個月，我從不曾如此嚴謹地生活，並享受良心的嘉許做為補償。但是最後，鮮明的警訊逐漸淡去，良心的稱讚開始變得理所當然時，痛楚和渴望開始折磨我，彷彿海德掙扎著要重獲自由。終於，在道德一時的軟弱之下，我再度調製、喝下變身的藥劑。

我不認為當一個酒鬼為了自己的惡行而要說服自己時，會被他如野獸般、純生理上的遲鈍無感所帶來的危險影響；五百次中連一次都不會有。我也沒有——雖然我已經對自己的處境思索良久，容許自己適應愛德華・海德主要的兩種特質，就是完全沒有道德觀念、冷漠無情地隨時準備行惡。但是我因此受到了懲罰。我心中的惡魔遭禁錮太久，一放出來就勢不可擋。我在喝下藥劑時，就已經感到這次的惡魔更為放縱、更為猛烈、充滿想要作惡的衝動。我猜想，在我聽到那個不幸受害者講著文雅的言詞時，一定就是這股衝動在我靈魂中引發騷動不安、厭煩情緒的風暴。我要聲明，至少在神的面前我會這麼聲明，沒有任何一個道德感健全的人，會因為面對如此不足以道的挑釁，而犯下那種罪行。我這時的理性，就如同一個生病的孩子認為自己可以弄壞玩具。但是我自願放棄所有能把我拉回來的本能；即使罪大惡極者也可以靠著本能，稍稍抵抗誘惑。可是以我的個案而言，只要受到誘惑，不管是多麼細微的誘惑，都註定了墮落。

地獄的靈魂立刻甦醒、發威。我愉快而渾然忘我地毆打那位毫無反抗能力的受害者，品嚐每一擊的喜悅。直到疲乏逐漸佔了上風，我才突然在狂喜的巔峰，感到心頭遭受冰冷、顫動的恐懼重擊。迷霧散去之後，我才驚覺自己的人生將失去所有的一切。我逃離這一度閃亮、撼動人心的暴行現場，海德施暴的慾望受到激發、得到滿足之後，我將自己對生命的熱愛視為第一優先。於是我跑到索霍區的家裡，更加仔細地毀掉所有的文件。然後我走到點著街燈的街道，心智仍處於狂喜的分裂狀態，為我的罪行感到洋洋得意，頭腦不清地準備策劃下一樁壞事。不過我仍然加快了腳步，仍然注意聽著復仇者的腳步聲。海德在調製藥劑時，嘴裡哼著歌；當他喝下藥劑，就註定要取人性命。變身的痛楚還沒有撕裂他，亨利．傑奇就先因為感激和後悔而痛哭流涕，半跪在地上，向神舉起合十的雙手。自我放縱的面紗被從頭到腳扯裂開來，我見到自己生命的全貌：我從自己的童年開始一路看下去，從父親牽著我學步、到職業生涯中自我否定的艱辛，然後我一而再、再而三，帶著同樣的不真實感，看到夜晚時那些可恨的恐怖罪惡。我本應該尖叫出聲，不過我透過淚水和禱告，來驅退自己記憶中無數恐怖的影像和聲音。但在一次次的懇求之間，罪惡醜陋的臉孔仍然直視我的靈魂。

然後，隨著尖刻的悔恨逐漸消退，愉悅的心情取而代之。我的行為造成的問題解決了。海德從此不會再出現；不管我要或不要，現在我都必須只以良善的自我存在於這個世上。噢，我一想到這裡就開心！我以心悅誠服的謙遜，再度擁抱自然生命的限制！我真誠地宣示與海德斷絕關係，鎖上我經常進出的那扇門，並把鑰匙狠狠地踐踏在我的鞋跟之下踩爛！

隔天，消息傳來，顯示警方正在調查兇殺案了，海德的罪行昭然於世，受害者的身份則是十分尊貴。這不只是一樁罪行，而是悲劇性的蠢事。我很高興自己認清了這一點；我很高興由於對絞刑架的恐懼，我良善的天性受到支持、保護。傑奇成為我的逃城③。但只要海

---

③逃城（city of refuge）：舊約聖經中提及，根據猶太法律，某些城鎮具有庇護權。任何過失殺人者，只要逃到這些城中，就免受血債血還的報復。

德稍一露面，就即將馬上被眾人逮捕、殺害。

我決心以未來的日子補償過去的罪惡；我也敢大方說，自己的決心帶來許多善果。你也知道，去年最後幾個月，我是多麼熱心地為了解除世間苦難而努力。你知道我為他人付出許多，日子過得很平靜，甚至算是快樂。我也不能真的說我對這種行善、純潔的生活感到厭煩；應該說，我一天比一天更能享受這種生活。但是我仍然詛咒自己雙重的意志。每當我第一波贖罪的興頭消退後，墮落的那一面、先前長期放縱無度的那一面、現在被禁錮的那一面，便會開始嚎叫著要重獲自由。我並不希望讓海德復活，光是這個念頭就讓我驚駭到失去理智。不。原因在於我的自身；我再度受到誘惑，想要玩弄我的良心。就像一個普通、偷偷摸摸的罪人，我終於在誘惑的襲擊之下臣服。

凡事有始即有終。再大的容器也有裝滿的一天。我此番拜倒於邪惡之下，終於毀掉了我靈魂的平衡。可是我卻沒有警覺。墮落似乎非常自然，就像回到我發現這一切之前的舊日生活。一月裡某個舒爽、明朗的日子，融化的霜弄濕了腳，天上卻晴朗無雲。攝政公園裡滿是冬季蟲鳥的啁啾之聲，充滿了春天的氣息。我坐在長椅上，沐浴在陽光中，體內的野獸正舔舐回味著記憶片段，而高尚的那一面人格正昏昏欲睡，保証我以後一定會為野獸般的行為悔恨，只是現在時候還未到而已。我心想，我畢竟跟我的鄰居沒什麼不同。然後我笑了，比較自己跟其他人，開始比較我積極的善意跟他們懶惰的冷漠無情。就在我洋洋自得時，一陣不適襲來，可怕的噁心與最致命的戰慄兼而有之。這些症狀消失之後，接著是暈眩，然後暈眩也逐漸消退。我開始意識到自己的思緒傾向有所改變，變為更大膽、蔑視危險、棄義務的束縛不顧。我往下看——我的衣服正鬆垮垮地掛在自己縮水的四肢上，放在膝上的手筋骨嶙峋又多毛。我又變成愛德華・海德了。前一刻我還安享著世人的尊敬、愛戴、萬貫家財，家裡的餐桌上已鋪好了桌巾等著我。現在我卻變成了過街老鼠，人人喊打，無家可歸；是無人不曉的兇手、絞刑台上的奴隸。

我的理智搖搖欲墜，但並沒有完全拋棄我。我不只一次地觀察到，我的第二個人格似乎有更為敏銳的感官、更為靈巧緊繃的神經。因此在傑奇可能屈服的情況，海德卻能在關鍵時刻奮戰而起。藥劑在實驗室的某個櫥櫃裡，要怎樣才拿得到呢？這是我拼命絞盡腦汁、要求自己解決的問題。我已經關上通往實驗室的門，如果這時我設法從主屋進入實驗室，僕人會立刻把我架到絞刑台上。看來我勢必要找到幫手。因此我想到了藍尼恩。可是要怎麼連絡他？怎麼說服他？假設我沒有在街上被逮到，我要怎麼到他家去？我這個陌生又不討人喜歡的訪客，如何說服著名的內科醫生去搜索他同事傑奇博士的實驗室？接著我想起自己保留了原始人格的某一部分：我的字跡和原本一樣。一有了這個靈光乍現的開端，接下來我就清楚知道該採取什麼步驟。

我立即盡量把衣服穿整齊，招了一部經過的出租馬車，駛向波特蘭街一家我恰巧記得名字的旅館。看到我的外表（當然非常滑稽，儘管這身衣服底下隱藏的是悲慘的命運），車伕忍不住嗤笑。我帶著魔鬼般的暴怒朝他齜牙咧嘴，他的笑容便立刻消失了；算他好運，但是我更好運，因為下一刻，我就狠狠地把他從座位上拖下來。進入小旅館時，我以陰沉的面孔環視四周，把侍者嚇得發抖；在我面前，他們不敢使眼色，但諂媚地執行我的命令，帶我去隱蔽的房間，備妥必要的文具。身陷險境的海德對我而言非常新鮮。他因為無盡的憤怒而全身發抖，瀕臨行兇的邊緣，渴望將痛苦加諸於人。但他也非常狡猾，努力控制怒火，寫了兩封重要的信，一封給藍尼恩，一封給普爾。為了要握有兩封信確實寄出的證據，他還吩咐信件必需以掛號郵寄。

然後，他一整天都坐在房間的火爐邊，啃著指甲；他坐在那裡用餐，除了自己的恐懼之外無人陪伴。在他面前，侍者的膽怯顯而易見。接著，當夜色深沉時，他坐在門戶緊閉的出租馬車中，縮在一角，在城裡的街道上來來回回地急馳。「他」，我一直說「他」，因為我說不出「我」。這個地獄之子毫無人性，心中除了恐懼和仇恨之外什麼都沒有。到最後當他覺得車伕開始起疑時，他立刻打發馬車離開，冒險下車用走的；他身上穿著不合身的衣服，這個顯眼、引人注意的目標走在夜行的人們之中，恐懼和仇恨的情緒在他體內如暴風雨般席捲肆虐。他走得很快，被自己的恐懼追捕著，對自己喃喃自語，躡手躡腳地潛行穿過行人較少的大街，倒數距離午夜剩下的時間。有一度，一個女人對他說話，我想是想要賣火柴給他。他痛毆女人的臉，女人落荒而逃。

當我在藍尼恩家恢復成原來的自己時，老友的恐懼或許對我產生了一點影響，但是我也不太確定。我回顧那幾個鐘頭，心中的厭惡如同汪洋；藍尼恩的反感也在其中。我的想法改變了。折磨我的不再是對絞刑台的害怕，而是身為海德的恐懼。我在半夢半醒間承受藍尼恩的斥責，在半夢半醒間回到自己的家就寢。我經過白天的筋疲力盡之後，深深地沉睡，即使窮追猛打的惡夢都無法打擾我。早上醒來時，我全身顫抖，覺得虛弱，但精神煥然一新。只要想到身體內沉睡的野獸，我仍然感到痛恨、害怕，當然也沒有忘記前一天那駭人的危險。但我又安全了，回到自己家裡，藥劑近在咫尺。脫身的慶幸對我的靈魂造成強烈的影響，幾乎可以與希望的光明匹敵。

早餐後，我悠閒地在院子裡踱方步，愉悅地暢飲清冽的空氣。難以形容的感覺再次襲來，預告即將發生的轉變。我只來得及躲回實驗室裡，然後海德暴烈的情緒再度如大火、如冰雪般肆虐。這次我用了雙倍的藥量才恢復過來。但是天哪！六小時後，當我悲傷地看著爐火時，痛楚復發，讓我必須再次使用藥劑。簡而言之，從那天起，只有一直耗費如體操運動所需要的大量精力，加上藥劑立即的刺激，我才能維持傑奇的面貌。日日夜夜、每分每秒，我都可能經歷預告變化即將來臨的戰慄；尤其在我睡著以後，或者甚至只是在椅子上打一會兒盹，醒來時我都會變成海德。末日亦步亦趨造成的負擔，加上缺乏睡眠，讓我開始詛咒自己，啊，超出人類可以想像的程度。我原本的自己被高燒、生理與心智的遲緩衰弱掏空、吞噬，心裡只盤踞著一個念頭：另一個自我所帶來的恐怖。但當我睡著時，或是藥效退去時，因為變身的痛苦愈來愈不明顯，我幾乎不需要任何轉換就可以擁有滿是恐怖景象的幻想，靈魂中沸騰著毫無理由的仇恨，但身體似乎不夠強壯，幾乎無法承受生命迸發的精力。海德的力量似乎與傑奇的病弱同步成長。當然，雙方對另一方的仇恨現在都旗鼓相當。對傑奇而言，此事攸關生死。他現在認清另一個生物畸形的全貌，這個生物將分享他意識中的某些現象，並伴隨他直到生命終結；這些共通之處是他消沉的情緒中最讓人痛苦的部分。除此之外，當他想到海德時，儘管後者生氣勃勃，他仍然將之視為從地獄來的訪客、無生命的形體。這著實是震撼人心：凹窪中的黏液似乎發出哭叫的聲音，形體不定的灰燼動手犯下罪行。無生命、無形體的東西，卻要篡奪生命的王位。再一次，那想要叛亂的恐怖東西與他更緊緊結合，比妻子還要親密，比眼睛還要貼近大腦；他可以感覺到它被禁錮在血肉之下，聽到它在低聲抱怨，掙扎著要出生；在每個軟弱的時刻，在小憩鬆懈的時候，那個可鄙的東西勝過了他，罷黜他對生命的主宰。海德對傑奇，則抱有另一種層次的恨意。他對絞刑架的恐懼使他持續進行短暫的自殺，好讓自己回復成附屬品的地位，而不是一個單獨的人。但他痛恨這種必要性；他痛恨傑奇現在陷入的消沉，也討厭傑奇對他所抱持的憎恨。因此他才會跟我玩這種粗糙的把戲，用我自己的字跡、在我自己的書上寫滿褻瀆的文字，燒毀我父親的信件和肖像。而且說實在的，如果不是因為害怕死亡，他早就選擇毀掉自己，好一起毀掉我；但幸好他還是貪戀生命。所以，我對他的感覺又多了一層。原本我一想到他就會不舒服、渾身冰冷；但當我想到他對我倆這種連結所感到的屈辱和激情，當我知道他害怕我能以自殺取走他的性命，我開始憐憫他。

寫再多，其實已毫無用處，而且我的時間也不夠了。沒有人曾經歷過這種折磨，我一人承受就足夠了；即使是這些折磨，習慣會帶來——帶來，而不是消除——某種靈魂上的麻木不仁，某種對絕望的默許。我的懲罰可能會持續多年，但現在終極的災難終於降臨，終於使我和自己原本的外貌與天性分離。我手邊的鹽狀晶體現在開始不夠用了，因為自從第一次實驗之後，我就再也沒有補充過。我派人去重新採購，然後調製藥劑。藥水沸騰，顏色變化了一次，但沒有第二次；我喝下藥劑，但是沒有效果。你可以從普爾那裡知道我如何搜遍整個倫敦，卻徒勞無功。我現在確信，第一批原料成分不純；無人知曉的雜質使藥劑產生效用。

在那之後到現在大約過了一週，我靠著原有藥劑僅存的藥效，寫下這份聲明文字。除非有奇蹟發生，否則這是亨利·傑奇最後一次能以自己的神智思考，在鏡中看到自己的臉孔——現在這張臉已經悲慘地開始變形了。我也必須盡快寫下結局，因為只有超凡的睿智與機運，才能讓我的聲明能逃過銷毀。如果變身的劇痛在我書寫時襲來，海德會把這份聲明撕成碎片。但是如果我把聲明收好之後一段時間才變身，以海德非比尋常的自私和只看眼前的習性，也許可以讓聲明逃過他原始粗野的暴行。正在朝我倆逼近的末日，確實已經改變、擊潰了他。再過半個小時，我將再度、永遠地化身為那可恨的人格；我會坐在椅子上顫抖、啜泣，或是繼續豎著最緊繃、害怕到恍惚的耳朵，在房間裡、在我這世上最後的庇護所裡走來走去，注意任何具有威脅的聲響。海德會不會死在絞刑架上？或者他會在最後一刻重拾勇氣、逃過一劫？天知道。我不在乎。我真正死亡的時間就在此刻，後續發生的事情與我無關。當我放下筆、封好自白，哀傷的亨利．傑奇的性命也就從此告終。

關於夢的篇章

A Chapter on Dreams

這篇文章收錄於史蒂文生的散文集《橫越大陸》，文中史蒂文生提到自己認識的一位作家，這個作家會把睡夢中夢到的畫面寫成故事，最後才坦承這個人就是他自己。

《化身博士》的寫作是來自史蒂文生的惡夢，他醒來後花了三天就寫好故事，拿給妻子看。孰料妻子卻批評這個故事太糟糕，後來聽了妻子的建議，史蒂文生用一個月的時間把故事修改之後，完成了《化身博士》。

過往的回憶本質都是一樣的，不管是捏造的或是親歷過的事件，無論是在真實的三度空間上演，或者只在腦內小劇場亮相——我們腦子裡這個地方一整晚都是燈火通明，在白日的高漲情緒平息之後，黑暗及睡眠便自然而然主宰了身體的其他部分。我們的各種經驗，表面上看起來沒什麼不同，當然有的生動鮮活、有的沉悶無趣、有的愉悅歡樂，也有的讓人一想起就椎心刺骨，但什麼是我們口中的真實，什麼又是夢境，卻沒有留下蛛絲馬跡可供證明。過往的回憶站在搖搖欲墜的基座上，就像在形而上學的田地裡抓住一根稻草，卻又忽而斷去，我們只能眼睜睜看著自己失去最後一線生機。

鮮少有一個家族能夠綿延四代，手中還依然握有某個世襲頭銜或是某座城堡產業，即使主張所有權也沒有法律效力，只能滿足自己的幻想，為自己的懶散度日找一個絕佳的排解之道。而一個人聲稱擁有自己的過往，效力則更是微弱。某一天，或許就像精采的故事情節那樣，在某張老舊的黑檀木寫字桌的秘密抽屜裡有一張紙會被發現，讓你的家族恢復昔日榮光，或者我的家族可以拿回西印度群島上某個小島的所有權（我年輕的耳邊，美麗的傳說不斷迴盪著說，小島應該就在加勒比海上，離聖基茨島不遠處），別人曾經用詐欺的手段奪走這座小島，而島上的資源（以糖業為主的國家來說）對任何人都是一點價值也沒有。我不是說這些改變有可能發生，只是也沒人能否認這些改變的可能性；而另一方面，過往是永遠回不來了：過去的日子和曾做過的事，還有我們過去的自己，就連這些事情發生的那個世界，同樣都已經消逝成虛渺的殘燼，就像昨夜的夢境一般，變成幾張不連續的影像、成了在大腦內某個小房間裡的回聲。沒有哪一個小時、哪一段情緒、哪一個眼神是我們可以喚得回來的，一切都已經過去了，再也找不回來了，但是我們卻知道自己被剝奪了這一切，我們認知到記憶如同一條絲線，想順著絲線回溯，轉身卻發現絲線在我們口袋邊就斷了，這時候我們的感受該是多麼赤裸地空虛啊！畢竟，我們只能憑藉著這些虛無縹緲的過往印象來引導自己、了解自己。

在這些基礎之上，我們當中有些人聲稱自己比鄰人活得更久、更豐富，聲稱當他們躺著睡覺的時候，其實一直還在活動；所有人都在回味自己的記憶中最珍貴的段落，並以此為樂，但某些人卻認為他們在夢境中的收穫更是無與倫比。我就觀察到這樣的一個人，這個人大概也真是夠特異的了，值得好好說一說。他從小一做起夢來往往情緒高昂、躁動不安，到了晚上他總會有點發燒，房間似乎不停漲大又縮小，還有他掛在牆上的衣服，會詭異地步步逼近，愈靠愈近，直到衣服大得就像宏偉的教堂一般，然後又慢慢拉遠，遠到恐怖的無限長距離之外，縮小到不能再小。可憐的人兒非常清楚接下來會發生什麼事，拼命掙扎著阻止睡意逼近，因為他知道一旦睡下去就是悲慘的開端。

但他的掙扎只是徒然，夜晚的惡魔會掐住他的喉嚨，拉扯著他，讓他在睡夢中窒息、尖叫。有時候他的夢境很平常，有時候很詭異，有時候幾乎是毫無形貌可言：例如，他的夢魘可能不過是一抹棕色的形影，在他清醒的時候，他完全不會在意這樣的東西，但在做夢時就會對此燃起恐懼和厭惡；還有，有時候，那場夢魘清晰得就像身邊的一切細節，有一次他還以為自己得吞下這個擁擠的世界，因為這個念頭太過恐怖，讓他尖叫著醒來。有兩個大麻煩將他的存在空間壓得狹窄窘迫——就是每天都要面對學校功課怎麼做的實際問題，還有最讓他害怕、虛幻的地獄磨難及審判——這兩者經常混在一起變成一個駭人的夢魘。他感覺自己站在〈啟示錄〉中的那個白色大寶座前，像個可憐的小惡魔被呼喚上前，要他背誦出某種字句，而他的命運就維繫在這些字句之上。他的舌頭打結，記憶一片空白，此時地獄的裂口為他而開，然後他就會驚醒，緊抓著窗簾杆，膝蓋都縮到下巴處了。

整個看起來，這些都是非常可憐的經驗，這位夢魘纏身的男孩在那個時候非常希望能夠丟棄他做夢的能力，但是到了現在，即使那些哭喊和身體上的折磨已經在他的成長過程中消逝，似乎不會再困擾他了，雖然他的夢境絕大部分還是很可怕，不過經常都是比較踏實的影像，當他醒來之際，症狀也不會太極端，大概就是心臟狂跳、頭皮發寒、冒冷汗，還有他說不出口的午夜恐懼症。而他的夢境也變得和他身邊周遭比較相關，畢竟這樣比較適合存滿細節的心智，比較接近生活氛圍，和現實有接續感。於是，這個世界的樣貌漸漸吸引了他的注意力，他在睡夢中開始注意到四周景色，醒來的時候也想著這些景色，所以當他躺在床上的時候，可以走一趟遙遠而平靜的旅程，看看奇異的城鎮和美麗的地方。更值得注意的是，他的品味特殊，很欣賞喬治亞時期的服裝以及當時的英國歷史故事，這點也開始主導他的夢境主題，所以他在躺上床之後，一直到吃早餐之前都扮裝起來，戴著三角帽，深入參與詹姆斯二世黨人的陰謀。大約就在此時，他開始在夢中讀書——大部分讀的是故事，尤其是像G. P. R. 詹姆斯寫的那種歷史小說，但是夢境中的書本比真實的印刷書籍更加生動、震撼人心，簡直讓人不敢置信，所以他從此對文學就抱著永遠無法滿足的渴求。

然後，他仍在求學階段時，開始了一段夢境歷險，如果要他重頭來一遍，他一點也不會擔心害怕。這場歷險中，他的夢境是連續的，他擁有了雙重人生——一個在白天，一個在夜晚——一個他怎麼樣都應該相信是真的，但另一個他也沒辦法證明是假的。我應該先告訴各位，他就讀於愛丁堡大學，或者說他是藉著讀書讓自己待在愛丁堡大學，我也是因此才會認識他的（大概是這個原因）。好了，在他的夢境人生裡，他在手術室裡渡過漫長的一天，心臟都快跳出嘴巴了，緊咬著牙根，看著那些像怪物一樣的畸形，還有外科醫生靈活到讓人生厭的動作。在陰沉起霧又下著雨的傍晚，他走上了南橋，轉進高街，然後推開一棟高聳建築的大門走了進去，他想他要在這裡的頂層暫時歇息。整個晚上他拾級而上，汗水浸濕他的衣衫，樓梯一層接著一層，無止盡向上延伸，每兩層樓都有一盞火光熠熠的油燈和一面鏡子。整個晚上，許多要下樓的人與他擦肩而過——有在街上乞討的婦人；有身材魁梧、模樣疲累、身上沾滿泥土的工人；有彷彿有體無魂的可憐男人；還有似乎想扮成女人而不成樣的人——無論是什麼樣的人，都跟他一樣疲倦困乏，都是形單影隻，經過他身邊的時候都會擦過他的身體。到最後，他探頭從北面一扇窗戶看出去，看見港灣那邊的天空已經顯出魚肚白了，於是他放棄繼續往上爬，轉身下樓，然後一轉眼就到了街上，穿著一身濕衣，在潮濕灰槁的清晨拖著沉重的步伐，又是充滿怪物和手術的一天。夢境人生中的時間過得比較快，大概七個小時（他猜測差不多是這樣）只不過是實際做夢一小時，而且夢裡的生活也比較緊湊，所以這些奇幻的經歷在白天也像幽魂一樣糾纏著他，讓他無法擺脫，直到他能躺下來更新這些體驗為止。我不知道這樣的日子他過了多久，不過已經久到足以在他的記憶上留下一大塊黑色污漬，久到讓他為了自身的因素而發抖著去敲某位醫生的門，在醫生那裡，只要一劑簡單的解藥就能讓他恢復成正常人。

這位可憐的先生從此再也不會為了這類事情煩惱，確實，他的夜晚有一陣子就像其他人的一樣：忽而空白一片；忽而出現交錯的夢境，這些夢有時候很迷人，有時候很可怕，不過除了偶爾幾個比較逼真之外，沒有什麼不尋常的。在我接著說這位做夢的男人真正有趣的地方之前，我只會敘述他其中一個逼真的夢。在夢裡，他似乎站在一座粗陋的山丘農莊裡的一樓，從房間裡的擺設看起來，農莊主人是很努力想裝出上流社會的風格，但並不成功。地板上鋪著地毯，我想還有一架鋼琴靠牆擺著。但就算有這些高級品，他身處的地方無疑仍是一塊荒蕪之地，身邊圍繞著山丘居民，石南在地上蔓生了好幾哩長。他從窗戶往下望，底下是一片光禿禿的農地，好像荒廢很久了。一層巨大、令人不安的遲滯，覆蓋在這個世界上。看不見農人或者活動的牲畜，只有一隻棕色捲毛的老獵犬，緊靠著房子牆邊坐著，好像在打瞌睡。這隻狗身上似乎有什麼東西讓做夢的人隱隱感到不安，但這種感覺也說不上來是什麼，因為那隻狗看起來頗正常——確實如此，那隻狗既老又蠢，渾身灰撲撲的，毫無鬥志，應該會引人同情才是，不過做夢的人卻深信這不是一隻普通的狗，而是跟地獄有點關連。一大群夏蠅在庭院裡懶懶地飛著，這時候那隻狗伸出爪子，張開狗掌抓住一隻蒼蠅，像隻猩猩那樣把狗掌送到自己嘴前，接著突然抬頭看著窗戶邊的做夢者，對著他眨了眨單眼。他繼續做夢，夢境怎麼進行的並不重要，接下去的夢境算是好的，但是後來都沒有什麼東西比得上那隻惡魔般的棕犬。而我之所以對這個夢境有興趣，一部分是因為一個簡單的事實：雖然只發生了這一件古怪的插曲，但我這位不完美的做夢者顯然無法提出一個合理的結局，可能又會歇斯底里地尖叫，陷入莫名的恐懼。不過現在應該今非昔比了，他對做夢這件事更熟悉了！

因為，我終於要進入重點了：這位誠實的朋友長久以來都習慣了讓自己帶著故事入夢，他的父親以前也是如此。不過這些故事都是不負責任的創作，只是說故事的人說來自娛而已，沒有顧慮到愚鈍的大眾或者固執的評論家：什麼時候要在故事裡放一條故事線？什麼時候要放棄一段冒險旅程，再展開下一段？夢裡這些故事一點也不細膩。也就是說，管理人類腦中小劇場的小小人還沒接受很嚴格的訓練，在舞台上演出的時候就好像溜回家的小孩發現家裡沒大人，而不像訓練有素的演員，在滿廳的觀眾面前演出寫好的劇本。不過現在我這位做夢的朋友開始認真了，原本他只是喜歡說故事，現在他開始寫故事，也以此賺錢了，於是他和他腦內替他處理這件工作的小小人，他們要一起面對一個全新的景況：現在他們的故事必須經過修整，基礎要穩固，必須可以從頭跑到尾，並以某種方式遵循生命法則。一言以蔽之：樂趣成了工作；這不只是對做夢者而言，對腦內小劇場的小小人來說也是，他們跟他一樣感受到這樣的變化。當他躺下來準備睡覺，他不再尋求愉悅，而是尋求能夠出版且獲利的故事。當他在腦內小劇場的包廂裡打瞌睡，那群小小人還在繼續工作，以相同的商業模式改進表演。所有其他形式的夢境都離開他了，只剩下兩種：偶爾他仍然會讀到最讓人開心的書，有時候仍然會造訪最讓人開心的地方；不過有件事情或許值得注意，他造訪的總是相同的地方，其中有一個很特別的地方，相隔幾個月或幾年他就會再回到那裡，發現新的田野小徑，認識新的鄰居，看著正午時光、清晨或日落時，這座快樂的小鎮有什麼新的景象；但是，他卻已經失去其他的夢境：像是將昨日發生的事搞亂之後重新搬演這樣常見的夢境、斷頭折骨這種血淋淋的夢魘（據說這是因為吃了烤乳酪吐司的關係）——這些和其他類似的夢境都已經消失了，而且最主要的是，他不管在清醒或熟睡的時候都很忙碌，他或他腦內的小小人就是有意識地想製造能夠賣錢的故事。然後，這位做夢者（就跟其他許多人一樣）面臨財務波動的小問題，當銀行開始寄信來，打手在他家後門流連，他開始全心驅動自己的大腦構築一個故事，因為這個故事最有機會為他賺大錢。而且，各位看看！小小人馬上就開始振作精神，投入相同的工作，整晚不停勞動，整晚不停將故事的軀幹搬上他們燈火通明的舞台，呈現在他面前。現在他們不用擔心他會害怕，因為他的心臟不再狂飆飛昇、頭皮不再發麻，他只是鼓掌，掌聲愈來愈響，興致愈來愈高昂，為他自己的聰明才智愈來愈得意（因為一切功勞都屬於他），最後他會滿心歡喜地一躍而起，嘴裡大叫著說：「有了！一定行！」他帶著這樣類似的情緒，欣賞夜裡上演的戲碼；然後他就像莎士比亞《哈姆雷特》裡的克勞狄斯王，在情緒爆發的高潮打亂了這場演出。他經常在醒來的時候感到失望：他睡得實在太熟了，就像我也解釋過的；可是他的小小人也累了，走路跌跌撞撞，講起台詞七零八落的；而這場戲對清醒的心智來說好像有點荒謬。但是這群不眠不休的小小人對他可真是盡心盡力，他舒適地坐在劇院包廂裡享受，而他們交給他的故事，比他自己寫的還要棒。

下面就是一例，這就是他在劇場裡欣賞到的故事。他的父親似乎擁有萬貫家財，但為人惡毒，家中田產遼闊，而脾氣則壞到應該下地獄。做夢者（也就是富翁的兒子）大部分時間都住在國外，刻意要躲避他的父母，而當最後他終於回到英國時，卻發現父親再娶了一個年輕太太，這位太太看來是飽受折磨，怨恨成了加諸在自己身上的枷鎖。因為這段婚姻，這對父子必須要面對面談一談，但是兩人都十分高傲、憤怒，誰也不肯紆尊降貴去拜訪對方，於是，他們選在一個杳無人煙、沙塵漫天的海邊村落見面。結果，兩人在那裡大吵一架，兒子因為受了無法忍受的污辱，意外地將父親殺死了。沒有人懷疑父親的死因，他的屍首被找到之後就下葬了，做夢者繼承了龐大的家產，然後就和他父親的寡婦住到同一個屋簷下，這位新寡沒有拿到任何財產。這兩個人大部分都是分開生活，就跟一般喪親之後的人一樣，他們同桌吃飯，晚上也都一起待在屋裡，然後兩人的友情一天比一天深厚，直到他猛然發現她似乎在刺探一件危險的事情——她知道他犯了什麼罪，於是她觀察著他，丟出問題試探他。所以他對她敬而遠之，就像一個人忽然發現自己走到了懸崖邊上，於是趕緊往後退。但是她的吸引力實在太強烈，結果他一次又一次掉入往昔的親密中，然後一次又一次驚嚇地瑟縮，害怕她那些意有所指的問題，或是她難以理解的眼神。於是他們兩人便這樣生活在矛盾之中，進行著總是斷斷續續的對話，向對方投以質疑的眼光，還要壓抑著彼此的熱情。

直到有一天，他看到那個女人戴著面紗偷偷溜出家門，就尾隨她到車站，跟她一起上了火車到那個海邊小鎮，走到那片沙丘，也就是他殺了父親的那個地方。她在沙丘的凹陷處之間尋找，他則面無表情觀察著她，然後他看見她手裡拿了什麼東西——我不記得那是什麼了，但是對做夢的男人而言是致命的證據——正當她把證據拿起來細看的時候，或許是因為自己的發現讓她嚇了一跳，她的腳下滑了一跤，整個人攀在一座高聳沙塔的邊緣，情況危急。他想也不想就跳出去救了她。這時他們兩人面對面站著，她手裡還握著那項致命的證據，而他如今出現在這裡，又是另一樣證據。顯然她就要開口了，但他實在承受不住——他可以忍受失敗，但卻不能忍受要跟眼前的毀滅者討論這一切——於是他說了一些無關緊要的話，打斷她原本的思緒。兩人手挽著手一起回到火車上，他也不知道自己說了些什麼，總之他們乘著同一輛馬車回家，一起坐下吃晚餐，就和過去一樣在起居室裡度過那個晚上。但是擔憂和恐懼始終在做夢者心裡作怪，「她還沒告發我，」他的思緒飛快運作著，「她什麼時候要告發我？明天嗎？」然而明天什麼事都沒發生，隔天沒有，再隔一天也沒有。他們的生活又回到往昔的模式，只是她似乎比之前更溫柔了；然而他的擔憂和懷疑彷彿壓在他的肩頭上，一天比一天更無法承受，耗損了他的精力，讓他看起來就像生了病一樣。有一次，他終於拋開一切禮教束縛，趁著她出門的時候搜查她的房間，最後發現那項該死的證據就和她的珠寶放在一起。他站在原地，握著那樣東西，感覺自己的生命就活在手心包覆的那個空間裡，同時又對那個女人矛盾的行為感到驚異，為什麼她都特地找出了證據並將之保存起來，卻又不用呢？這時門打開了，她就站在那裡看著，於是兩人又再一次面對面站著，中間隔著這項證據。她又再一次抬頭望著他，有些話似乎就要說出口了，而他又再一次說些不著邊際的話，打斷了她。但就在他離開這個徹底翻查過的房間之前，他放下了自己找到的那紙死刑令，看到他這樣，她的臉亮了起來。接下來，他聽見她跟女僕編了一個巧妙的藉口，解釋自己的房間怎麼會亂成這樣。只要是血肉之軀都承受不了這樣的壓力吧。我想應該是到了隔天早上（雖然在腦內小劇場裡，時間總是模模糊糊），他終於忍不住爆發了。兩人在一間大房間的一角一起吃早餐，這個房間有許多窗戶，鋪著拼花地板，但房裡卻沒什麼傢俱。用餐的時候，她一直說些狡猾的暗示折磨他，等到僕人們一離開，房裡就只剩下兩位主角，這時他一躍而起，她也嚇得站了起來，臉色蒼白，她面無血色地聽著他滔滔不絕一吐怨氣：為什麼她要這樣折磨他？她什麼都知道，也知道他對她沒有敵意，為什麼沒有馬上舉發他？她這麼做到底是什麼意思？為什麼要這樣折磨他？話說回來，這樣折磨他有什麼意圖？他說完之後，她雙膝一軟就跪了下來，伸出手哭喊著：「難道你還不懂嗎？我愛你啊！」

於是，做夢的人帶著一股驚奇的劇痛和即將大發利市的愉悅醒來，但是這股愉悅並無法持久，因為他很快就發現，這個生動的故事中有幾個元素並不受市場歡迎，所以我只在這裡簡短地告訴你這個故事。但是他心裡那股驚奇倒是愈發滋長，我想如果讀者能深思熟慮，想必也會愈來愈感驚奇，因為現在你們會了解，為什麼我說那些小小人是真真實實的發想者與表演者，他們把祕密一直保留到結尾。我敢為做夢的人保證（我有充分的證據，願意相信他的真誠），他一直都猜不透那個女人的動機為何——而這正是整個精心安排的情節關鍵所在——一直到最後她那番極度戲劇化的宣言才讓真相大白。這不是他的故事，而是小小人創作的！各位也要注意，小小人不但保密到家，整篇故事的編排也非常高明，兩位主角的心理塑造拿捏得宜，讓情緒適當地逐步攀升到最終令人驚訝的高潮。我現在醒了，我知道創作這一行是怎麼回事，但是我卻不能把這個故事改得更好；我已經醒了，我是靠筆吃飯的，但是我卻超越不了——或許連打成平手都沒辦法——這樣編排巧妙的劇本（彷彿出自某些資深的劇作家前輩之手，例如德奈瑞或莎度），能夠讓同樣的情況出現兩次，讓那份證據引導兩位主角二度面對面，只是證據一次是握在女子手裡，另一次則是握在做夢的男子手裡，而且連順序也安排妥當，讓比較不戲劇性的情況先發生。我愈想，疑問就愈多，好想將這些問題一股腦兒宣洩出來：這些小小人是誰？無庸置疑，他們和做夢的人有密切關係，他們知道做夢的人有金錢上的煩惱，也注意著他的存款簿；他學過什麼，小小人也跟著學，學習像他一樣小心構築故事的情節，隨著故事進行安排角色情緒。只是我認為他們還更有才華，而且有一件事情也是無庸置疑的，他們可以告訴他一段又一段的故事，就像連續劇一樣，但同時又能讓他猜不到故事的結局是什麼。那麼，他們到底是誰？做夢的人又是誰呢？

嗯，說到做夢的人嘛，我倒是可以回答，因為他正是在下我本人——或許我一開始就已經透露了，只是或許會有人低聲批評，說整篇故事其實都有我的影子；而我現在一定得告訴你，不然接下來的故事就很難繼續了。至於那些小小人，該怎麼說呢，他們就是我的小精靈，上帝保佑他們！他們在我熟睡的時候，替我完成一半的工作，而且很有可能，當我完全清醒的時候，他們連剩下的那一半也幫我做好了，而我還開心地以為是我自己做的。在我睡覺時所完成的部分，那是小精靈的功勞，這點不用懷疑；但是我清醒時所完成的部分，卻也不完全是我的功勞，因為一切跡象都顯示，即使是我清醒的時候，小精靈也參與了我的工作。這裡有個攸關我良心的問題。對我自己來說，我稱之為「我」的這個意識自我，是腦內松果體的居民，笛卡爾說松果體是靈魂之座，除非這個居民遷移了居所。我是那個擁有意識的人、有好幾個銀行帳戶、穿戴著鞋帽的人、擁有投票權，也可以在大選中不支持己方的候選人——有時候我會忍不住想，這個人或許根本不是說故事的人，就和一般的乳酪製作工匠或是乳酪一樣普通，他是一個被現實淹沒的現實主義者，只剩下半顆頭還露在外面。所以，這樣說來，我所有出版的小說都應該是由某個小精靈獨力創作出來的、我的某位知交、某位看不見的幫手，我一直將他鎖在陰暗的小閣樓裡，自己獨享所有掌聲，而他只能夠嚐到一點小甜頭（我也阻止不了他就是）。我很懂得給人建議，有點像偉大法國劇作家莫里哀的僕人；我會將故事拉回主軸，適度刪減，盡我所能用最華美的字詞來包裝整個故事；我也是拿筆的人，是我坐在桌前寫作，這大概也是最難捱的部分；等到一切都完成了，我整理好手稿，付錢將稿子登記出版。所以，算起來，我分享我們共同經營的利益也算是合情合理，只是我得到的比付出的還多太多。

我只能舉一個例子，讓各位判斷哪一部分是睡覺時完成的、哪一部分是清醒時完成的，讓讀者分享這份屬於我和小幫手之間的榮耀，當然小幫手也同意了。首先，我舉來當做例子的這本書，有些相當文雅的人已經讀過了，就是《化身博士》。我一直都在努力，想以這個題材來寫故事，想找故事的骨幹和進行方式，因為人的二元性實在太強烈，只要是會思考的生物一定都會不時想到這個問題，一想到就令人無法自拔。我甚至還寫出了一個故事：《旅途上的同伴》，結果被編輯退稿了，推託說這個作品很高明，但不太正經；某天我就找塊地方把稿子燒掉了，因為這個故事根本不高明，於是我寫出《化身博士》取而代之。後來我的財務一度陷入困境，每當提起這件事，我都會很委婉地說成是別人。整整兩天，我遍尋大腦內可用的情節題材，到了第二天晚上，我坐在窗前夢到了這個場景，場景後來一分為二：一個是海德因為犯了罪而遭到追緝，服藥之後在追捕者眼前變身；第二個則是在我清醒時有意識地寫下的，只是我覺得我大部分是跟著小精靈編排的情節走。也就是說，這個故事的概念是由我而起的，很久以前就已經深植於我的阿多尼斯花園①，嘗試過一個又一個故事模

①阿多尼斯花園（the garden of Adonis），阿多尼斯是希臘神話中的植物之神，傳說他掌管了一處花園，裡頭的植物會快速生長，然後快速枯萎死去。

型，但都無法真正成形。確實，我費盡心思想讓這個故事包含道德教訓，但成效不彰！而我的小精靈又缺乏我們所謂的良心，連一點基礎都沒有。另外，故事的設定和角色也是我自己寫的，小精靈交給我的就是三個場景的故事，以及一個核心概念：一開始的變身是自願的，後來的則是不得已的。這樣說是不是很不厚道？畢竟我才剛公開地把掌聲分享給我這些看不見的幫手，但是我現在又把他們五花大綁，丟到世人面前接受批評。有關變身藥的問題，引來許多爭議，這點我要很慶幸地說，那完全不是我的點子，而是小精靈的。

在另一個故事，如果讀者剛好有看過的話，我也有話要說，這個故事叫《歐萊拉》，我沒什麼好替它辯護的：這裡的庭院、母親、母親的神龕、歐萊拉、歐萊拉的臥房、在樓梯上的相會、破掉的窗戶，以及母親啃咬吸血的醜陋樣貌，都是在我想把故事寫下來的時候，小精靈就會整段整段、鉅細靡遺地告訴我，這個故事我只加上了外部的景色（因為在夢裡，我沒有離開過那座庭院）、畫像、菲力普這個角色、牧師，以及這樣的故事該有什麼樣的寓意，還有最後的結局，唉，前面的故事發展也只能有這樣的結局了。我甚至還要說，在《歐萊拉》這個故事裡，就連故事寓意都是小精靈告訴我的，因為只要一比較母親和女兒的角色，還有讀到一開始那個隔代遺傳的邪惡手法，寓意馬上就會浮現了。有時候，我不能否認在夢境中還是有寓意存在；有時候，我也只能假設我的小精靈可能想模仿寫出《天路歷程》的班揚，但是卻寫不出隱含道德教訓的宣導文章，從來達不到嚴格的道德標準，只能傳達出暗示，而無法寫出人生中更重要的規範，我們在時間與空間交織的生活中，似乎就會接收到這類規範。

事實將會證明，大部分的時候，我的小精靈還是滿厲害的，就像他們的作品那樣熱情又有熱力，充滿了熱忱，演出生動的故事，構築美麗又活潑的畫面；而且他們對超自然的事物也沒有偏見。不過某一天，他們讓我嚇了一跳，他們跟我說了一個愛情故事，是齣有點愚蠢的喜劇，我想應該要把這個故事交給《意外的舊識》作者霍爾斯先生②，因為他才能把這個故事寫好，我想我是一定不行的（雖然我也想試試看）。不過誰會料得到，原來是我的小精靈幫霍爾斯先生想了個故事出來？

②威廉・狄恩・霍爾斯（William Dean Howells, 1837–1920）是美國的現實主義作家兼文學評論家，尤以擔任《大西洋月刊》的文學編輯一職最受人敬重。

大事年表

羅勃・路易斯・史蒂文生

Robert Louis Stevenson

史蒂文生和父母親的感情相當好，父親是燈塔工程師，一生設計過三十多座燈塔，因此史蒂文生進入大學時，原本是想繼承父業，主修燈塔工程學，但是又熱愛寫作，後來便轉主修文科的法律，只是他取得律師資格後卻也未曾執業。父親雖然對兒子的決定有些不滿，但是仍然給予一定的支持。父子兩人在一八七三年的時候，曾經因為宗教信仰的問題而起爭執，結果父親還是捨不得體弱多病的兒子，兩人始終非常親近。

一八五〇年 十一月十三日，羅勃・劉易斯・鮑佛・史蒂文生（Robert Lewis Balfour Stevenson）出生於蘇格蘭愛丁堡。他是家中的獨生子。

一八五七年 九月上小學。因為自幼體弱，史蒂文生在小學只上了幾個星期的課後就沒去了，一直到兩年後才又回去讀書。

一八六一年 十月進月進入愛丁堡中學就讀。史蒂文生因為健康因素，加上父母經常帶著他四處旅行，所以他的中學階段換過不少學校，也曾經轉學到倫敦的中學就讀。

大學時期的史蒂文生已經相當確定自己對寫作的熱愛，某年暑假還跑到法國巴黎跟其他藝術家來往，包括作家與畫家，這時他也嘗試將作品投稿到各報章雜誌，奠定文壇基礎。

一八六六年 十一月完成《彭特蘭起義》文稿，由父親出資幫忙出版。

一八六七年 十一月進入愛丁堡大學就讀，一開始主修燈塔工程學。

一八六九年 二月月獲選進入思辨學社（The Speculative Society）。思辨學社是由愛丁堡大學學生於一七九四年成立的社團，致力推動蘇格蘭啟蒙運動。

一八七一年 十一月開始研讀法律課程。

一八七三年 十二月在《目錄》雜誌發表他第一篇有

稿費的著作：〈道路〉，發表的名字是L. S.史東伊芬。

一八七四年 分別在《麥克米蘭》雜誌發表〈受命往南〉以及在《柯恩希爾》雜誌發表〈雨果羅曼史〉。

一八七五年 七月月通過蘇格蘭律師資格考試，結束在愛丁堡大學的學業。然後前往倫敦，接著又出發到法國巴黎。同年八月，在法國魯恩鎮（Loing）展開徒步旅行，後來將這段遊記寫成〈內陸之旅的尾聲〉。

一八七六年　同樣在英國境內四處遊歷，他將這段時間的旅行見聞都寫下來，發表了〈冬日在凱瑞克與蓋洛威漫步〉，以及〈內陸之旅〉。九月在法國和有夫之婦芬妮．奥斯本相遇。十月開始著手寫〈瑞本見聞〉以及〈關於戀愛〉等文章。

一八七七年　和芬妮的感情穩定發展。十月在《聖殿酒館》雜誌發表第一篇短篇小說：〈臨時夜宿〉。

一八七八年　跟芬妮．奥斯本分開，芬妮回到丈夫身邊。

芬妮・奧斯本・史蒂文生（Frances "Fanny" Osbourne Stevenson），一開始和史蒂文生相遇時，她已經是有夫之婦，而且也育有一子一女。只是芬妮的丈夫對婚姻並不忠誠，傷心的芬妮於是帶著孩子遠赴巴黎學習藝術。她認識史蒂文生之後，兩人很快發展出戀情，但是礙於世俗眼光，芬妮還是選擇帶著孩子回到美國加州，和丈夫團圓。史蒂文生無法對芬妮死心，不顧朋友勸阻，執意前往美國追回芬妮，最後芬妮終於決定和丈夫離婚，在一八八〇年帶著孩子嫁給史蒂文生。兩人婚後感情非常好，史蒂文生也對芬妮的孩子視如己出，兩人始終沒有再生育孩子。

一八七九年 仍然四處遊歷，寫下不少旅遊散文，其中包括〈業餘移民〉，後來這篇文章被收錄在一八九二年出版的《橫越大陸》。同年，芬妮和丈夫離婚，選擇跟史蒂文生在一起，史蒂文生此時的腳步已經來到了美國舊金山。

一八八〇年 因生病而大量出血，所以搬到芬妮的住處，方便有人就近照顧。五月，兩人在舊金山結婚，婚後到納帕谷度蜜月。七月搭乘火車到紐約旅遊，八月又跑到利物浦，讓芬妮與他的父母見面。到了十一月，因為健康的關係，又舉家搬到瑞士達沃斯。

拿著鵝毛筆的史蒂文生，攝於一八八六年，英國波恩茅斯。

一八八一年　出版第一本散文集：《為女孩和男孩而寫》（*Virginibus Puerisque*）。同年動筆寫下小說《海上大廚》，也就是後來的《金銀島》。

一八八三年　在《年輕人》雜誌上連載小說《黑箭》，筆名是喬治·諾斯上尉。十一月出版了《金銀島》。

一八八四年　史蒂文生的健康狀況惡化，經常足不出戶，但是仍然持續寫作。

一八八五年　九月認識了另一位重量級作家——湯瑪斯·哈代（Thomas Hardy）。大約同一時間開始寫作《化身博士》，十月就寫

坐在藤椅上的史蒂文生，攝於一八八七年，美國紐約。

寫完了。

一八八六年 一月，《化身博士》出版；接著在《年輕人》雜誌繼續連載另一篇小說《綁架》。

一八八七年 五月父親過世，但是史蒂文生的身體依然虛弱，連出席喪禮都沒辦法。後來在六月，史蒂文生在《當代評論》發表了〈湯瑪斯·史蒂文生：文明的工程師〉一文來紀念父親。

一八八九年 和朋友到薩摩亞群島遊玩，期間和美國商人摩爾一家同住。

一八九〇年　一月在薩摩亞群島買下莊園定居。二月抵達澳洲雪梨，接著四月又前往紐西蘭的奧克蘭，一直到八月才返回雪梨。這時他手上同時有四、五部小說在進行。

一八九一年　二月在《黑與白》雜誌連載《南方海上紀事》，另外在《紐約先驅報》連載《瓶中小惡魔》。八月也開始在《史快伯納》雜誌連載《破壞王》。

一八九二年　史蒂文生開始涉入薩摩亞的政治，甚至投書到《泰晤士報》闡述自己對薩摩亞情勢的看法。四月出版了旅遊文集《橫越大陸》，收錄了〈關於夢的篇

史蒂文生雖然只活了短短四十四年，但是足跡卻遍佈歐美及大洋洲，最後他選擇落腳在鄰近澳洲的南太平洋島國薩摩亞。史蒂文生自述他喜歡這裡的原因是，這裡的人還未完全接受文明洗禮，而且郵件服務非常規律（這對他跟編輯聯絡非常重要）。一八九四年，史蒂文生過世之後，家人將他葬在瓦埃阿山山頂，當地居民會自發性維護他的墓地。一九一四年，他的妻子芬妮過世之後，家人也將她的骨灰帶回薩摩亞與史蒂文生合葬在一起。

章〉，史蒂文生在這篇文章中表示自己寫作的靈感來自夢境。

一八九三年

七月發生了薩摩亞內戰，史蒂文生支持的瑪他法酋長不幸落敗。

一八九四年

十月在薩摩亞的「關心之路」落成，這條路是由薩摩亞的政治犯修築而成，是為了感謝史蒂文生在內戰期間對他們的支持。可惜的是，十一月剛慶祝完四十四歲生日的史蒂文生，在十二月就因腦內出血而病逝。過世後，家人將他葬在薩摩亞的瓦埃阿山（Mount Vaea）山頂，讓他可以瞭望心愛的薩摩亞。當地居民為了讓葬禮順利舉行，一夜之間就清理出一條通往山頂的道路，並徹夜守靈。